AMOR 911

Un hombre con aspecto desconfiado, con *jeans* azules y camiseta gruesa blanca, bajó del coche. Dio un rápido vistazo de reconocimiento con mirada sagaz, y asintió con la cabeza hacia los agentes uniformados.

Paralizada, Elena se echó hacia atrás. Su primer y único encuentro con la policía local en una ciudad de por lo menos un millón de habitantes, y, y...

Y tenía que ser con David Moncloa.

Ahora llevaba el pelo cortísimo, en vez de por debajo de las orejas, y parecía más viejo. Quince años habían dejado su huella.

Pero todavía tenía esos movimientos de pantera, ágiles y suaves. Indicó a los dos agentes que entraran en el edificio mientras él se acercaba a inspeccionar el patio de juegos y sus alrededores.

Elena no se había dado cuenta de que había estado aguantando la respiración hasta que David salió de su campo visual...

BOOK YOUR PLACE ON OUR WEBSITE AND MAKE THE READING CONNECTION!

We've created a customized website just for our very special readers, where you can get the inside scoop on everything that's going on with Zebra, Pinnacle and Kensington books.

When you come online, you'll have the exciting opportunity to:

- View covers of upcoming books
- Read sample chapters
- Learn about our future publishing schedule (listed by publication month *and author*)
- Find out when your favorite authors will be visiting a city near you
- Search for and order backlist books from our online catalog
- Check out author bios and background information
- Send e-mail to your favorite authors
- Meet the Kensington staff online
- Join us in weekly chats with authors, readers and other guests
- Get writing guidelines
- AND MUCH MORE!

**Visit our website at
http://www.pinnaclebooks.com**

MILAGRO DE AMOR

Gloria Alvarez

Traducción por Eva Garcia

PINNACLE BOOKS
KENSINGTON PUBLISHING CORP
http://www.encantoromance.com

Capítulo 1

—¿Sra. Santiago? —se oyó a través del teléfono. Soy Julia Monroe, la consejera escolar de su hijo en Franciscan High. Me gustaría hablar con usted sobre Riq.

—Sí, dígame, Sra. Monroe, —respondió Elena con voz firme, aunque sentía como se le encogía el corazón. Los consejeros escolares nunca llaman cuando las cosas van bien. Ella era directora de escuela y lo sabía mejor que nadie.

—Me temo que no tengo buenas noticias, Sra. Santiago —dijo Julia tímidamente—. Riq es un chico muy listo, pero no está progresando. Se le ve apático, no se concentra en su trabajo, no participa en clase. Ninguno de sus profesores ha encontrado la manera de motivarlo —hizo una pausa—. Tenemos la esperanza de que usted pueda ayudarnos al respecto. Que pueda orientarnos.

"Ah, Riq, Riq, Riq", pensó Elena con el corazón destrozado de nuevo. *"Ha pasado casi un año..."*

Elena respiró profundamente y apartó el libro de cuentas que estaba revisando sobre su escritorio.

—Lo siento, Sra. Monroe. Hablaré con él otra vez.

—Este asunto requiere algo más que una charla. Sé que el chico todavía se está recuperando de la...

pérdida de su padre, y estoy segura de que el traslado de Colorado a New Orleans ha sido un cambio difícil para él, pero si no se esfuerza, las consecuencias serán graves. Estamos preocupados por él.

"Yo también".

—¿Qué cosas le gustan? —continuó la profesora—. ¿Qué tipo de amigos tenía en Colorado? ¿En qué tipo de actividades participaba? ¿Qué podemos hacer para motivarlo académica y socialmente?

—Si lo supiéramos, lo haríamos —suspiró Elena, y entonces continuó más enérgicamente—. Él y su padre solían ir a pescar y a acampar. Otras veces salían de aventuras escalando las montañas.

—No hay muchas montañas por aquí —bromeó en tono de complicidad la Sra. Monroe—. ¿Y amigos? ¿Tiene alguno en el barrio?

—Que yo sepa no —dijo Elena tristemente—. Tenía un montón de amigos en Colorado, chicos agradables, normales, pero no mantiene contacto con ellos. Ni siquiera por correo electrónico. No se acerca demasiado a la computadora últimamente.

—¿Tiene a algún adulto que le sirva como modelo masculino?

—Somos una familia de mujeres, Sra. Monroe —dijo Elena sintiéndose cada vez más desamparada—. Por lo tanto, a menos que haya alguien en la escuela...

—Nadie aquí tiene la sensación de haber conectado con él. Está muy encerrado en sí mismo.

Hubo un silencio en la línea telefónica. Elena oyó un largo suspiro de la consejera.

—Bueno, la cuestión es que Riq tiene que empezar a estudiar y hacer su trabajo —dijo lentamente—. Sugeriré que le dejen llevar un diario para la clase de inglés. Si le gustan las computadoras, puede hacerlo a través del correo electrónico y enviárselo a su profesor. Además hablaré con su instructor de Ciencias Naturales sobre la posibilidad de que Riq realice un proyecto relacionado con las montañas. Tal vez pueda hacer algo sobre alpinismo para educación física también. Pero usted tiene que insistir en que él haga su parte. Él tiene que participar. Si no...

—Lo entiendo.

—Estamos preocupados por Riq. No le va bien en la escuela...

—Ni en casa —murmuró Elena.

— ...y tampoco ha hecho amigos, ni ha participado en las actividades extraescolares. Está solo, ha sufrido una gran pérdida y probablemente se siente deprimido. Eso nos preocupa. Tal vez sea el momento de... —se detuvo, como buscando las palabras adecuadas—, recurrir a un profesional.

—Ya lo he hecho. Su opinión fue que Riq mejoraría si yo lo hacía. Así que empecé a trabajar de nuevo, vinimos a vivir más cerca de la familia, hicimos todo lo posible para que yo me recuperara. Y ahora yo estoy mejor, pero Riq no.

"Él piensa que a mí no me importa", añadió en silencio.

—Dejemos pasar un par de semanas más —dijo la Sra. Monroe—. Si las cosas no mejoran, tendremos que reunirnos con Riq y el director de la escuela. Hágale entender la importancia del asunto.

—Hablaré con él esta noche.

Elena colgó el teléfono y se puso de pie sintiéndose de pronto molesta e inquieta. No iba a poder concentrarse en el presupuesto de la escuela Sta. Cecilia hasta haber hablado con Riq.

Le echó una ojeada a su reloj. Eran las cuatro menos cuarto. Riq estaba a punto de llegar a casa.

Elena vivía en una casa para dos familias: su madre y en la otra ella y su hijo. Su madre estaría ya en casa, pero hoy no sería suficiente. Elena desería estar tendién. Tenía que hablar con Riq. Su hijo esa todo lo que le quedaba.

Metió el libro de cuentas en su maletín y lo dejó al lado de la puerta de su oficina. La oficina de la directora de la escuela primaria Sta. Cecilia era pequeña, con un escritorio, una estantería con libros y un sofá de dos plazas tapizado contra la pared. Pero lo mejor era el alto techo de estaño repujado y los altos arcos de estilo antiguo de las ventanas a través de las cuales entraban los más hermosos destellos de la luz de la tarde.

Elena abrió la puerta que conectaba con la oficina de la secretaria de la escuela. Sandra Cooper tenía ahí su escritorio. Sandra se había ocupado de que todo funcionara normalmente durante aquel par de semanas que Elena necesitó para ponerse al tanto de la situación. Le estaba agradecida.

De la misma manera se sentía agradecida a la escuela Sta. Cecilia en general por la oportunidad que le habían dado de empezar de nuevo. La mayoría del tiempo el trabajo requería tanta dedicación, que no había tenido tiempo de compadecerse por la muerte de Luis o de lo absurdo del accidente.

Era después de la escuela, en casa, cara a cara con su hijo cuando todo volvía a ponerse negro.

—¿Se va ya a casa? —preguntó Sandra amablemente.

—Sí, pero antes quiero echar un vistazo a la guardería y a las maestras.

—Es tan agradable ver a los niños que se divierten

en un lugar tan tranquilo, ¿verdad? —Sandra estaba ordenando una pila de papeles—. Bueno, pues que tenga un buen día. Yo estaré aquí hasta las cinco.

—Hasta mañana.

Elena bajó hasta el vestíbulo y salió al patio de recreo, donde había dos maestras jugando con un grupo de niños pequeños en los columpios de un gimnasio con ambientación de selva. Un grupo de niñas de quinto grado estaba de pie hablando animadamente cerca de un gran roble. La directora permaneció de pie al final del patio observando a una docena de chicos que estaban practicando en el campo de fútbol.

Se quedó un momento pensativa y satisfecha al ver que todo estaba en orden. Entonces dirigió su mirada más allá de la alta reja que rodeaba la propiedad, al otro lado de la calle, hacia la vieja iglesia gótica y rectorado que era el corazón de Sta. Cecilia. El vecindario era una mezcla de grandes casas históricas, intercaladas entre otras más pequeñas, sencillas o dobles, de estructura alargada que habían sido habitadas durante décadas por la clase trabajadora. Sta. Cecilia se encargaba de todo con buen criterio.

Sintiéndose más segura de sí misma, Elena saludó con la mano a las profesoras y se dirigió hacia la zona de aparcamiento.

Entonces lo vio, justo detrás de la reja, dirigiéndose hacia el campo de la escuela. Era un adolescente, con la gorra de béisbol del revés, y una forma de vestir con clara intención intimidatoria. Unos *jeans* varias tallas más grandes apoyados en las caderas, mostrando la ropa interior. La camiseta sin mangas de los Chicago Bulls, dejaba ver unos bíceps bien musculados, y caminaba balanceándose con el último modelo de zapatillas deportivas.

"Puede que sea el hermano de alguien", se le ocurrió, aunque lo dudaba.

"Es simplemente un chico que desea mostrar su inconformismo", se dijo a sí misma. *"Un inconformismo muy negativo."*

El chico se detuvo frente a la reja cerrada que llevaba al patio lateral y al patio de recreo. Agarró la reja y la sacudió violentamente dos veces, ignorando el cartel de tres pies de alto que indicaba a los visitantes que debían anunciarse previamente en la oficina de la directora. *"Bueno"*, pensó Elena decidida, ella era la directora. Ella se dirigiría directamente a él.

Dejó su maletín apoyado en el edificio de la escuela, y se volvió decidida en dirección al joven. El chico tiró otra vez fuertemente de la puerta, que hizo un ruido metálico.

—¡Para! —dijo Elena al tiempo que él sacudía la puerta por cuarta vez. Iba a ser divertido llevar a ese chico a la oficina de la directora.

—Si has venido a recoger a algún estudiante —continuo—, tendrás que venir conmigo. Necesitas un pase de visitante antes de entrar en el patio de juegos. Pasa por esas puertas.

—Yo no voy a ningún sitio, "señorita" —dijo suavemente, pero con voz firme y amenazante, echándole una mirada salvaje en sus ojos azules—. Estoy aquí para algo diferente. ¿Ya me entiende?

Se acercó a ella a través de los candados de la puerta, la agarró por la muñeca con dos dedos carnosos y la atrajo hacia la reja bruscamente.

El grito de Elena quedó silenciado cuando vio el destello de la 38 en uno de los bolsillos de sus *jeans*.

En la boca del joven se dibujó una sonrisa desagradable.

—Haga lo que le digo, y nadie resultará herido. Abra la reja.

—No tengo la llave —mintió sintiéndose muy asustada de repente.

Había treinta niños correteando en el patio, y tres profesoras. Además de Sandra y otras profesoras trabajando adentro hasta tarde. Y ella, prisionera de un adolescente maníaco con una pistola apuntándola en el pecho.

—Camine hacia la puerta principal. Despacio. Corra o chille y la mato.

Empuñó fuertemente la pistola y continuó apuntándola. Lentamente Elena empezó a caminar hacia la puerta principal.

"Cálmate", se dijo a sí misma. *"No pierdas la cabeza. Aléjalo de los niños primero."*

—Vamos —se acercó a ella aún más, demasiado. Elena podía olerlo, un olor salado y dulce, tan íntimo que asustaba. Llevaba tres aros en la oreja.

El chico activó el retroceso de la pistola.

—No intente nada.

Lentamente Elena se dirigió hacia la doble puerta de la escuela, sintiendo el sabor del miedo atrapado entre la garganta y la boca. *"¿Era así cómo se había sentido Luis? ¿O tal vez él no hubiera tenido tiempo suficiente para ver pasar su vida como un rayo delante de su rostro?"*

Ese pensamiento la puso en marcha. Ningún matón la iba a robar dos veces, robar a su hijo, aterrorizar a las personas a su cargo. No mientras siguiera respirando.

Con la cabeza recta, mirando al frente, Elena echó una vistazo de reojo buscando una oportunidad. No podía cruzar la puerta y simplemente cerrarla detrás de ella, eso dejaría a los niños expuestos a la locura del atracador. No, tenía que encontrar la manera de arrinconarlo.

Y hacerle pagar.

Llegaron hasta la puerta de la reja y el chico hundió el cañón de acero en la espalda de Elena, empujándola con el codo hacia la puerta del edificio.

Dentro de la escuela hacía frío y la luz, ahora, era tenue tras el resplandeciente mediodía. Elena se paró deliberadamente, buscando por los pasillos algo con que defenderse, algo que nunca hubiera imaginado tener que buscar.

—Muévase "señorita" —dijo el muchacho entre dientes—. No tengo todo el día.

—¿Cómo te llamas? —preguntó. El nombre de una persona es importante. Saberlo podría darle un poco de fuerza o ventaja.

—Yo me llamo Elena —dijo a través de su miedo—. ¿Quién eres tú?

—Nadie que te interese —dijo secamente—. Ahora muévete.

La empujó hacia un salón de clase con la puerta semiabierta, donde la joven Loretta Myers se encontraba subida en una silla decorando uno de los paneles de la pared para Halloween.

—Lo siento Loretta —dijo Elena mientras la joven maestra la miraba expectante—, pero tenemos... visita... y él quiere...

—Bájate —ordenó dejando de apuntar a Elena con la pistola que ahora agitaba en el aire en dirección a Loretta. Con la mano que le quedaba libre se sacó la gorra y la plantó delante de ellas—. Llénenla. Dinero, joyas, todo lo que tengan.

Loretta miraba de forma interrogante a Elena, que asintió con la cabeza. Lentamente Loretta se quitó sus pendientes de perlas y su reloj. Con una lágrima bajándole por la mejilla se quitó su reciente anillo de compromiso.

—Coge tu bolso —le ordenó al tiempo que dirigía la pistola hacia Elena—. Ahora tú.

Elena miró alrededor. La única arma que había por allí era la pistola grapadora que Loretta había estado usando. No era lo más apropiado.

Se llevó la mano al cuello y se quitó una pequeña cruz de oro. Sus pendientes eran unos pequeños aros de oro sin ningún valor sentimental. Los dejó caer dentro de la gorra. Pero su anillo de casada... Lo llevaba en su mano derecha, grueso y pesado, y era lo único que la mantenía unida a Luis.

—¡Ahora!

Loretta echó un fajo de billetes y algo de cambio en la gorra. Furiosa, Elena se desprendió de su anillo de boda, más decidida todavía a encontrar una salida. Ese ruin no iba a irse con su pasado, y no iba a robarle su futuro. De ninguna manera.

Cruzaron el resto del pasillo recogiendo más joyas y dinero. Por suerte, la mayoría del profesorado ya había terminado de trabajar y se había retirado, y el servicio de mantenimiento no empezaba a trabajar hasta tarde. Pero habían dos profesoras más que continuaban trabajando todavía, y el atracador les ordenó que entregaran todo lo que tenían de valor. Después vació el contenido de su gorra y lo guardó en los enormes bolsillos de sus *jeans* sin cinturón apenas apoyados en las caderas.

El grupo había aumentado ahora: Elena, las tres profesoras y el joven ladrón. Atenta, en busca de su oportunidad, Elena susurraba y decía algo entre dientes para mantener a las otras en calma. Loretta estaba casi histérica cuando el chico las obligó a entrar en la oficina principal. Habían demasiadas personas para un espacio tan pequeño, y Elena se vio aprisionada contra el costado del chico.

—¿Qué pasa? —dijo Sandra al ver entrar al grupo—. Si tienen algún problema, la directora está aquí mismo.

—Sí —arrastró la palabra el chico blandiendo el arma—. Tienen un gran problema. Yo.

—Hijo, dame eso —dijo Sandra en un tono de voz perfeccionado por treinta años de trabajo en escuelas—. No va a salir nada bueno de esto.

—Cuidado, puta —dijo enfadado, adoptando la postura de quien va a disparar separando las piernas y apuntando directamente a Sandra—. No tengo miedo de usarlo.

Elena vio su oportunidad y decidió no perderla. Se colocó detrás de él y le pasó los brazos por la cintura al tiempo que metía la rodilla entre las piernas del chico y golpeaba con fuerza hacia arriba. Un segundo más tarde, el chico se encogía en el suelo, lamentándose incrédulo. Medio segundo después, Sandra le arrancaba la pistola de la mano.

Elena le aplicó una llave inglesa obligándolo a poner las manos hacia atrás, e inmovilizándolo contra el suelo con una rodilla clavada en la espalda. Con una mano, se sacó una bufanda de seda que llevaba en el cuello y la pasó alrededor de las muñecas del chico, atándolo lo más fuerte que pudo.

—Adelante, chica —animó Sandra a Elena, y de repente se puso seria—. ¿Están todos los chicos afuera? ¿Alguien vio a este desgraciado?

—Las profesoras, tal vez. Los niños estaban demasiado ocupados jugando.

—Bien —Sandra plantó con fuerza un pie en la espalda del chico antes de llamar al 911—. Hagamos desaparecer a este desgraciado antes de que lleguen los padres. Si nadie ha visto nada, puedes evitarte las explicaciones hasta mañana.

Los siguientes diez minutos pasaron de forma borrosa. Las profesoras, acurrucadas unas contra otras, nerviosas y temblando todavía, a veces se reían y otras veces lloraban.

Elena no hablaba. Estaba todavía aturdida por lo que había pasado. Hacía un minuto estaba preocupada por los problemas escolares de su hijo, y de repente había pasado a sentir el miedo a morir antes de poder hacer algo por él.

Luego se había comportado como una auténtica heroína. Convincente. ¡Caray! ¡Qué agradable era esa sensación de adrenalina!

Mientras no se dejara llevar por el "qué-podría-haber-pasado", todo estaba bien.

A través de la ventana de Sandra, el grupo de mujeres vio finalmente el coche patrulla de la policía estacionando enfrente de la escuela. Las luces de emergencia estaban encendidas, pero no la sirena. Otro coche sin identificación del cuerpo de policía se detuvo detrás de primero. Un par de agentes uniformados bajaron del coche patrulla, y esperaron al compañero del otro coche.

Un hombre con aspecto desconfiado, con *jeans* azules y camiseta gruesa blanca, bajó del coche. Dio un rápido vistazo de reconocimiento con mirada sagaz, y asintió con la cabeza hacia los agentes uniformados.

Paralizada, Elena se echó hacia atrás. Su primer y único encuentro con la policía local en una ciudad de por lo menos un millón de habitantes, y, y...

Y tenía que ser con David Moncloa.

Ahora llevaba el pelo cortísimo, en vez de por debajo de las orejas, y parecía más viejo. Quince años habían dejado su huella.

Pero todavía tenía esos movimientos de pantera, ágiles y suaves. Indicó a los dos agentes que entraran en el edificio mientras él se acercaba a inspeccionar el patio de juegos y sus alrededores.

Elena no se había dado cuenta de que había estado aguantando la respiración hasta que David salió de su campo visual. Soltó el aire con un suspiro. De repente sintió la necesidad de sentarse. Todas las sillas de la oficina estaban ocupadas, así que apoyó las caderas en el escritorio de Sandra, descansando los pies en el suelo.

Los agentes irrumpieron en el edificio y tomaron control de la situación. Al cabo de unos segundos el chico, que todavía se encontraba en el suelo, llevaba ya las esposas y la agente de policía le devolvía a Elena su pañuelo de seda, al parecer intacto.

Elena pasó los dedos por la pesada y oscura tela. Ese pañuelo le encantaba, especialmente la forma tan sensual en que lucía en contraste con su piel. Empezó a ponérselo de nuevo alrededor del cuello. De pronto se lo sacó y se lo metió en un bolsillo. Probablemente no se lo volvería a poner.

Sandra estaba hablando, pero para Elena sus palabras sonaban como un zumbido. De repente sintió mucho frío y lo único que quería era irse a casa y estar con Riq.

—Sra. Santiago —dijo uno de los agentes—, tenemos que hacerle algunas preguntas. Sra. Santiago, ¿se encuentra bien?

—Ya hablo yo con ella —se oyó una voz tersa y con autoridad. La voz fue como una sacudida para Elena devolviéndola del helado precipicio del miedo, que de repente se vio reemplazado por un sentimiento más visceral todavía.

"Dios mío", pensó analizando la situación, *"cuando decides enviar un desastre, no te quedas a medio camino, ¿verdad? Primero Riq, después este desgraciado y ahora David Moncloa. Entre todas las personas del mundo..."*

David estaba dando órdenes que parecían como ladridos. —Usted tome las otras declaraciones, Jackson. Y Samuels, saque suficientes fotografías antes de devolver los objetos robados. Y llame a otra unidad, léale a este cabrón sus derechos y sáquelo de aquí. Estas personas ya han tenido suficiente. No tienen por qué seguir viendo esta cara fea mientras nosotros lo podamos tener encerrado.

Antes de que terminara de hablar, los agentes se movían más rápidamente que antes, hablando por teléfono, sacando fotos, tomando notas. Esa actividad parecía devolver la calma a los demás que empezaban a sentir que su mundo volvía a la normalidad.

Pero no para Elena. Ahora sentía que la experiencia la estaba golpeando, y encima la tenía que revivir con él.

Elena lo estudió por un momento. Había una o dos canas en su pelo oscuro. La piel era todavía suave, color oliva. Seguía siendo guapo. Y seguía dando órdenes.

—Elena —la reconoció, y ella se vio reflejada en sus brillantes ojos negros: melena negra a la altura de los hombros, cortada de forma desigual, ojos grandes color café, cara ovalada con una boca generosa y unas líneas suaves de la edad, que se iban deslizando por las esquinas. La misma de siempre. Y completamente diferente. Quince años habían dejado su marca en ella también.

—David —dijo con una firmeza encontrada en algún lugar dentro de sí misma—. Puedo hablar con uno de los agentes.

—Conmigo. Es mi caso —y levantó el maletín que llevaba al lado—. ¿Es tuyo? Lo encontré ahí fuera.

Elena se había olvidado completamente del maletín en medio de tanta confusión. Asintió y lo recogió—: Gracias.

—Bueno —David sacó del bolsillo de su cadera el cuaderno de notas enfundado en piel—. Tengo que hacerte unas cuantas preguntas.

—Está bien. Pero date prisa. De verdad que quiero irme a casa.

—Nos llevará lo que tenga que llevarnos. Llama a alguien si lo necesitas.

Elena negó con la cabeza. Se lo diría a su familia en persona. Si llegaba tarde, tampoco sería la primera vez.

La oficina estaba todavía rebosante de actividad. Sandra los miró suspicazmente e intervino.

—Usen la oficina de la directora. Estarán más cómodos. Vamos, Elena —Sandra pasó su brazo amablemente alrededor de la cintura de Elena y la acompañó a su propia oficina, haciéndola sentarse en el sofá tapizado. Sirvió dos vasos de agua de la heladera del rincón, y le tendió uno a Elena y el otro a David.

—Llámenme su necesitan algo —dijo mientras se

dirigía hacia la puerta. Al salir añadió—: Has hecho lo correcto.

David se sentó en el sofá al lado de Elena, mirándola. Elena se llevó el vaso de agua a la boca y le devolvió la mirada por encima del vaso.

—¿Qué tal te ha ido todo, Elena?

—Nada bien —dijo francamente—. El último año ha sido un infierno.

—Me lo imagino —se detuvo, y empezó de nuevo torpemente—. Nunca te he dicho cuanto... lo siento.

—Ni siquiera viniste al funeral de Luis —interrumpió Elena bruscamente—. Eso fue muy cruel, David. Hubieras sido de buena ayuda para todos.

—Sí... bueno, es sólo uno de los muchos errores que he cometido —la miró con intención, y de repente se levantó y caminó hasta el otro extremo de la pequeña sala—. Dime qué ha ocurrido allá fuera.

Ella tomó con fuerza el vaso hasta que los nudillos se le pusieron blancos y trató de organizar la historia en su mente. Pero las imágenes empezaron a mezclarse en su cabeza y empezó a temblar. Se le derramó un poco de agua por encima del regazo, y su resolución de mantenerse fuerte se evaporó en cuanto dejó caer los hombros.

—No pasa nada, Elena —dijo él suavemente—. Es normal.

Dio un paso hacia ella, se incorporó y le quitó el vaso de la mano dejándolo en el archivo que hacía de continuación de la mesa. Sacó un pañuelo del bolsillo trasero de sus *jeans* y le secó el agua del regazo. Ella pudo sentir el calor de sus manos a través de la fina tela oscura de su vestido.

Él se metió el pañuelo en el bolsillo de nuevo.

—Tienes que hablar conmigo. Tú eres la única

que lo ha visto todo. Tú eres la primera a quien amenazó.

Ella asintió, pero no dijo nada, tratando de encontrar esa fuente de fuerza interior y utilizarla una vez más.

—Dime que ocurrió —dijo él amablemente—. ¿Cuándo lo viste? ¿Qué notaste?

David esperó mientras ella sacaba el pañuelo de su bolsillo para jugar con él. Enroscándolo y desenroscándolo, haciéndolo pasar en círculos por entre sus dedos, y el movimiento la ayudó a tranquilizarse. En voz baja pero constante, Elena recontó haber visto al chico en la verja, haber visto la pistola, haber tenido miedo por los niños y por las maestras. Contó cómo había estado buscando la oportunidad que finalmente encontró.

David tomó notas, le hizo todo tipo de preguntas. A Elena le hubiera gustado que él se levantara, y se paseara de la manera que acostumbraba a hacer, porque ella se estaba sintiendo acorralada, claustrofóbica y sin aliento.

Sin pensar se levantó del sofá y se dirigió a la esquina más lejana de la habitación. Un último rayo de luz brillaba en la ventana, y Elena se quedó ahí, esperando que ese calor ahuyentara los escalofríos.

Un breve golpe sonó en la puerta que se abrió a continuación. Uno de los agentes habló rápidamente con David, quien asintió y le dio permiso para retirarse. Entonces David volvió a acribillarla con preguntas. Cuando hubo terminado, guardó su pluma y su cuaderno y caminó hacia donde estaba ella.

—La primera vez es siempre la más dura —dijo poniéndole una mano en cada hombro. Sus ojos oscuros estaban llenos de solidaridad y de algo más. Ella había visto eso antes, pero no podía ubicarlo exactamente.

"Maldito, maldito el que lo hubiera mandado."

—Fue una tontería que saltaras encima de ese salvaje —dijo lenta y sosegadamente—. Él tenía una pistola apuntando a tus colegas. Alguien podría haber salido herido. Tú podrías haber muerto. Eso es lo último que le hace falta a tu familia.

—¿Y tú qué sabes de todo eso? —dijo Elena tensamente, saliendo de la zona de luz y escapando del alcance de David.

—Mucho —dijo siguiéndola—. Has tenido mucha suerte, Elena. Estos tipos están locos y te matarían tan pronto como te miran. Tú tienes un hijo, ¿verdad? No lo dejes también sin madre.

¿Cómo podía contestar a eso? Ese pensamiento en concreto había estado en su mente desde el momento que el chico había sacado su pistola.

—Vamos —dijo David bruscamente—. Quiero que me enseñes exactamente cómo pasó, el camino que tomaste. Tengo que dibujar algunos esquemas.

Elena suspiró agotada.

—¿Cuántas veces tendré que contar la historia?

—Docenas. Incluso puede ser que tengas que testificar, a menos que el chico sea listo y pida un perdón.

Demasiadas cosas para mantenerlas en silencio con su familia. Podía imaginarse a Riq diciendo *"¿Lo ves? Todo es peligroso. ¿Así que por qué dejamos nuestra casa para venir a vivir a este sitio apestoso?"*. Entonces le lanzaría una de sus miradas fulminantes y desaparecería airado.

—Elena —dijo David cogiéndola de nuevo por el hombro—. Tú estás bien, y eso es lo que cuenta.

—Lo que cuenta es asegurarse de que ese chico no vuelve a hacer una cosa como ésta de nuevo.

Su voz volvía a sonar un poco más cálida. Elena alcanzó el pomo de la puerta al tiempo que lo hacía David, y sus manos se tocaron. Por un segundo interminable Elena sintió que tenía diecinueve años de nuevo, y que la mano de David cubría la suya como lo había hecho cientos de veces. Creía que había olvidado todo sobre David después de tantos años con Luis. Pero no lo había olvidado. Algunas cosas parecían estar marcadas al fuego en su carne, y David Moncloa era una de ellas.

Giró el pomo y tiró de él rápidamente. Ese movimiento súbito no pareció desconcertar a David. Simplemente mantuvo su mano sobre la de ella con más fuerza, y tiró también controlando el movimiento de la pesada puerta de madera, para que no lo golpeara en la cara.

Elena pasó rápidamente a través del umbral de la puerta y soltó el pomo liberándose del contacto de David. Pero todavía pudo sentir la presión de los dedos de él sobre los de ella, una sensación que había dejado atrás hacía años, y que ahora estaba presente de nuevo.

La oficina estaba vacía. Elena vio un sobre con su nombre sobre el escritorio de Sandra. Lo abrió y encontró sus joyas dentro junto con una nota de Sandra.

Cogió su alianza de boda y la sostuvo en la mano, un talismán contra... ¿contra qué? ¿El miedo? ¿La rabia? ¿La falta de sentido del mundo?

El talismán no había funcionado cuando estaba casada. ¿Por qué iba a funcionar ahora? Pero cuando David entró en la habitación detrás de ella, Elena deslizó el anillo inconscientemente en el anular de la mano izquierda, donde ya hacía casi un año que no había estado.

Lo sentía como algo extraño y ajeno, y por un momento no se dio cuenta de lo que había hecho. Pero no lo iba a cambiar. David ya había elegido, y ella también. Ninguno de los dos debía olvidar que ella era la viuda de Luis.

Intentó ponerse los pendientes. Se clavó varias veces la punta y al final desistió y se los guardó en el bolsillo del vestido.

David se puso delante de ella y cogió el pequeño crucifijo y la fina cadena de oro. El crucifijo se veía ridículamente pequeño en sus manos, como algo perteneciente a una muñeca. A continuación lo pasó alrededor de la garganta de Elena, le apartó el pelo a un lado y se lo abrochó.

"¿Se había entretenido más de lo necesario?" Elena no estaba segura de nada, excepto de cómo él había rozado la suave piel de su cuello con el pulgar, con un pulgar ligeramente áspero, como un papel de lija suave.

David terminó de introducir la anilla en el cierre y dejó caer las manos.

—Vamos antes de que oscurezca completamente.

Elena tomó la nota de Sandra: "La policía ha terminado y nos hemos ido todos a casa. He avisado a los substitutos para mañana por sí acaso. Descansa. Sandra".

—Tengo que hacer un par de llamadas antes. Dame un minuto.

Descolgó el teléfono del escritorio de Sandra y marcó el número del padre Allen. La conversación fue breve, directa al asunto a tratar, y le devolvió la sensación de control. Ése era su mundo, aunque las cosas se hubieran salido un poco de quicio. Aún le quedaba alguna autoridad.

—La Junta de la escuela quiere hablar contigo mañana —dijo contundentemente después de hacer su última llamada—. O con uno de los agentes. La reunión es a las ocho y media para hablar de sistemas de seguridad. Alguien de la Archidiócesis vendrá a la reunión también.

Pasó por delante de David y mantuvo abierta la puerta del pasillo.

—Por aquí —dijo sacudiendo la melena y pasándosela alrededor del cuello.

Fue más fácil repetir la historia la segunda vez. Señaló el lugar donde había estado ella, los grupos de niños, las profesoras. Lo acompañó por toda la escuela, parándose en cada aula, recordando las amenazas del chico. Todavía sentía rabia, pero estaba bien. Todo el mundo estaba bien.

David escuchó atentamente, tomó unas cuantas notas más e hizo un boceto del patio de la escuela y de los pasillos.

—Y aquí es donde nos encontraste, en la oficina —terminó Elena—. Y ahora quiero irme a casa.

David dio un último vistazo, repasó rápidamente sus notas y asintió:

—De acuerdo —dijo—. Recoge tus cosas. Te veo en tu coche.

No está aquí. En otoño me gusta caminar. Son sólo seis cuadras.

—¿Vives en casa de tu madre? —preguntó como si el hecho le pareciera divertido.

—En una casa doble —le recordó ella. Él había estado allí muchas veces durante aquellos años—. Tenemos nuestra intimidad, pero una de las razones de que viniéramos a vivir aquí es para estar cerca de la familia.

—La puerta de al lado. Más cerca imposible —dijo él irónicamente y añadió—: ¿Cómo está doña Silvia?

—Ocupada. Entrometiéndose. Como siempre.

David sonrió:

—Me alegra saber que algunas cosas no cambian. Vamos. Te llevo a casa. Ya es de noche y has tenido un día bastante duro.

En esa cuestión la tenía atrapada. Si las cosas fueran diferentes, Elena *no* aceptaría nada de David Moncloa, no después de tantos años. Pero ése no era un día normal y ya llegaba tarde. Todavía tenía que enfrentarse a Riq. Que la llevaran a casa era una buena idea.

Se encaminaron hacia la salida del edificio despidiéndose de los guardias de seguridad que empezaban su turno. Tres minutos más tarde estaban en casa. David no había olvidado el camino.

Se detuvo frente al dúplex alargado al estilo de New Orleans, con un piso superior en la parte trasera de la casa. La entrada al garaje estaba bloqueada por una verja del mismo estilo que la valla que rodeaba la propiedad, así que David aparcó en la calle.

En cuanto apagó el motor, una luz se encendió en la parte izquierda del porche de la casa con sus puertas y ventanas de espejo. Silvia Chávez sacó la cabeza por detrás de la puerta.

—¿Elena? ¿Eres tú? —les llegó su voz melodiosa. Entonces, inquisitivamente— ¿Dónde te habías metido?

—En la escuela, mamá. Siento no haber llamado. Ha habido algunos... altercados.

Elena salió del coche y cerró la puerta. David hizo lo mismo.

—No, David —murmuró Elena—. Gracias por traerme, pero...

—¿Con quién vienes?

David salió de las sombras y avanzó hasta el porche bajo la luz. Elena le siguió sintiéndose incómoda.

David sonrió con seguridad:

—Buenas tardes, señora.

—David Moncloa —dijo Silvia agriamente—. ¿Qué estás haciendo aquí?

—Elena ha tenido un día muy movido —dijo con neutralidad—. Quería verla en casa sana y salva.

—Mamá, no hagas preguntas ahora —dijo Elena—. ¿Dónde está Riq?

—En su habitación probablemente. Elena, ¿qué pasa?

David y su madre podían arreglárselas solos. Ella tenía que ver a su hijo.

Apartó a David a un lado para pasar al porche. Abrió la parte de la casa donde ella vivía y entró.

—Riq —gritó a la vez que la puerta de rejilla se cerraba de golpe detrás de ella—. ¿Dónde estás?

David miró a la madre de Elena y se encogió de hombros como quitándole importancia al asunto.

—¿Puedo usar su teléfono, señora? Tengo que llamar a la comisaria para comprobar que todo va bien.

Silvia le aguantó la puerta abierta, y por primera vez en quince años, David entró en casa de Elena. Se acordaba perfectamente del lugar, el pulido salón que llevaba directamente al acogedor comedor y a esa cocina de olores sabrosos. Hubo una época de su vida en que había pasado largas noches ahí.

Silvia lo condujo hasta el teléfono, colgado en la pared al lado del refrigerador. David descolgó el auricular.

—¿Quién eres tú? —preguntó una voz de adolescente.

David le echó una ojeada mientras empezaba a marcar el número. Marcó el código para escuchar sus mensajes y devolvió el auricular a su sitio. El parecido ponía los pelos de punta. El chico era la viva imagen de su padre, y se parecía muchísimo a David también.

Los genes de los Santiago. No había forma de escapar de ellos.

—¿Quién eres tú? —repitió el chico.

—Soy David Moncloa. Tu tío.

Capítulo 2

—¿Mi tío? —respondió el chico, echándole un vistazo a su abuela. Elena no se encontraba en ningún lugar a la vista.

—El primo de tu padre, para ser más exactos. Mi madre y tu *abuelo* Rodolfo eran hermanos. Lo que de hecho te hace a ti mi primo también, pero cuando los primos son tan lejanos... —explotó irritado. Era evidente que el chico estaba desconcertado de verlo. ¿Es que ni siquiera sabía que David existía?

¿Pero qué esperaba? Su relación con Luis no había sido precisamente cordial en los últimos años. Como Elena le había hecho recordar, ni siquiera había ido a su funeral.

Pero ese chico...

—¿Cómo te llamas? —dijo David.

—Enrique. Pero todo el mundo me llama Riq —dijo el chico pronunciando como en inglés. Seguía estudiando la cara de David como si fuera lo que veía en un espejo.

—Supongo que es posible que seas mi tío —dijo finalmente, con un deje de sospecha todavía en su tono de voz—. Sin duda nos parecemos bastante. ¿Cómo es que no nos hemos conocido antes?

—Enrique, ya está bien —dijo Silvia.

—Es una vieja historia —dijo David levantando una mano para detener a Silvia—. Tu padre y yo nos peleamos hace años. Nunca nos reconciliamos, y ahora... es demasiado tarde.

El chico lo miraba con curiosidad a pesar de la desconfianza que podía entreverse en su expresión.

—¿Entonces tú, conociste a mi padre cuando tenía... mi edad?

—Eramos amigos íntimos, casi como hermanos. Eramos los únicos varones, así que teníamos que mantenernos unidos.

Riq puso la mirada en blanco:

—Dímelo a mí. Lo único que hay aquí es mujeres por todos lados.

David sonrió con complicidad:

—Al menos tú no tienes cuatro hermanas. Yo tenía que usar el lavabo de la escuela. Nunca conseguía usarlo de casa.

—Enrique, ve a buscar a tu madre —ordenó Silvia.

Riq la ignoró:

—¿Qué solían hacer? Mi padre y tú.

—De todo. Aprendimos a andar a la vez, según nuestras madres. Después de eso no hubo forma de separarnos —sonrió al recordar eso—. Jugábamos en la tierra, montábamos en bicicleta, jugábamos a fútbol y a béisbol. Incluso fuimos compañeros de cuarto en el primer año en la universidad.

—¿Y qué es lo que pasó?

David se encogió de hombros:

—No tiene importancia. Es demasiado tarde para decirle a tu padre que lo siento. Pero sin duda, no merecía la pena.

—¿Cómo era mi padre?

David se rió entre dientes:

—No tan atrevido como yo. Sin embargo era muy escurridizo. A mí se me ocurrían las ideas más locas, y él se ponía a discurrir hasta que encontraba la forma de llevarlas a cabo sin que nos pillaran. Éramos un buen equipo.

—Nosotros también. Solíamos ir de acampada, a pescar y escalar. Los dos solos. No se puede hacer nada de eso por aquí.

—No se puede escalar, eso no, excepto en un par de recintos cerrados. Pero la pesca es muy popular en Louisiana.

—Ya. Pero bueno, mamá vendió el barco cuando nos trasladamos —Riq arrugó la nariz disgustado.

—Ven conmigo. Yo tengo un barco pequeño —respondió David automáticamente al oír el descontento en la voz de Riq. Además, ¿por qué no? No salía en barco tan a menudo. Riq le daría la excusa perfecta.

—¿Tú pescas? —dijo Riq incrédulo.

—¿Dónde te crees que aprendió tu padre?

Riq resopló:

—Allá, claro, en Colorado. Este sitio es a–bu–rri–do. No hay montañas, no hay bajadas rápidas en los ríos, nuevos desafíos.

—Tenemos cocodrilos —sonrió David—. Y nutrias, y huracanes. No nos borres del mapa tan rápido.

—No es lo mismo.

—Lo que te pasa es que echas de menos a tu padre.

Riq lo miró estupefacto:

—¡Qué listo! Pues claro.

—Yo también lo echo de menos —David se asustó de sus propias palabras. No lo había admitido ante sí mismo en todos estos años, desde que Luis había retomado donde él lo había dejado.

¿De dónde había salido ese comentario? Hacía mucho tiempo que había borrado a Elena, y a Luis, de su vida. Su orgullo no le había permitido hacer nada más.

Oyó una voz interior diciéndole que no había tenido un amigo íntimo desde entonces. Incluso su familia se mantuvo al margen de esa situación. Había estado solo.

Había sido muy chocante ver a Elena en medio de todo ese caos hoy. Sabía que había vuelto, su madre se lo había asegurado. Pero él había ignorado todos sus comentarios, los detalles sobre lo que estaba haciendo Elena. Así que verla hoy había sido como si se le parara el corazón. Lo había dejado sin respiración. Eran tantos los recuerdos...

Y Elena, actuando como una heroína. Hubiera querido sacudirla por haberlo hecho sola. ¿En qué estaba pensando? ¿Qué hubiera sido de este chico si ella hubiera resultado herida?

—Y... ¿Por qué has venido aquí con mamá? —dijo Riq cambiando de tema. A estas alturas Silvia iba ajetreada de la cocina al comedor acarreando platos y salvamanteles, murmurando entre dientes una retahíla de agradecimiento a Dios por los alimentos.

—Soy policía. Ha habido un pequeño... altercado en la escuela. Quería asegurarme de que tu madre llegaba a casa sana y salva.

—¿Qué ha pasado? —dijo Riq precipitadamente pero con cierta cautela, y entonces David se arrepintió de no haberse mordido la lengua a tiempo. Hay que respetar ciertas cosas cuando se trata de dar malas noticias, y debía ser Elena la que lo contara. Era su historia.

—Ya ha pasado todo. Tu madre te lo explicará

todo —y descolgó el teléfono otra vez, pero Riq se lo arrancó de la mano.

—Cuéntamelo tú. Mi madre piensa que soy un niño.

"Y lo eres", pensó David, pero no lo dijo. Simplemente se encogió de hombros con indiferencia:

—Un ladrón apareció por ahí e intentó robar a las maestras. Pero lo hemos apresado, ahora está en la cárcel y nadie ha resultado herido. Gracias a tu madre.

—Y eso es todo —llegó la voz de Elena a sus espaldas. David giró la cabeza a tiempo de verla bajar la escalera trasera. No tenía ni idea de cuánto tiempo hacía que estaba observando.

—Eh, Riq —añadió Elena alegremente—. Te he estado buscando por todas partes.

La actitud de Riq cambió en cuanto vio a su madre. De repente se mostró antipático y se encogió.

—¿Qué ha pasado en la escuela? —preguntó en un tono abiertamente hostil.

—Lo que ya te ha contado David. Un tipo se ha colado y la policía lo ha arrestado. Siento llegar tarde, pero es que he tenido que prestar declaración.

—¿Qué llevaba? ¿Un cuchillo? ¿Una pistola? —continuó tanteándola.

La comisura de la boca de Elena tembló, pero finalmente dijo:

—Ya ha pasado todo. Todo el mundo está bien.

—Nadie está bien. ¿Es que no te das cuenta? —Riq colgó el teléfono de un golpe y la apartó de su camino dirigiéndose hacia las escaleras.

—Riq —dijo Elena secamente—. Ve a ayudar a tu abuela.

El chico giró y la miró sin decir nada durante un largo instante, y entonces le dijo a David:

—¿Quieres quedarte a comer con nosotros? Nani está cocinando, así que estará bueno.

—Buena idea, Riq —dijo Elena con firmeza sin darle a David la oportunidad de contestar—. Pon otro plato —le dijo a Riq.

En cuanto Riq se encaminó al comedor, Elena le alcanzó el teléfono a David:

—Haz las llamadas. Le diré a mamá que te quedas a cenar.

—¡Elena!

Pero Elena había desaparecido tras su hijo. David sacudió la cabeza. Dios mío, todo eso era una locura. Se podían prever fuegos artificiales alrededor de la mesa. Si fuera listo llamaría a la comisaria, pondría como excusa una emergencia y se iría. No tenía nada que hacer ahí, metiéndose en la vida de su ex-prometida, y en la de su hijo. Pero tenía hambre. Y a pesar de todos los defectos de doña Silvia, era innegable que era una gran cocinera. Y ya se había saltado el almuerzo por culpa de otro servicio. Tomó partido por su estómago. Era sólo una comida. Después de esta noche, mantendría la distancia. Todo saldría bien.

—¿Que has hecho qué? —cuchicheó la madre de Elena sacándola del comedor donde Riq estaba arreglando algunas cosas en el saloncito del fondo—. ¿Que has invitado a David Moncloa a cenar?

—Lo invitó Riq.

—¿Y qué? Dile que no. Para algo eres su madre.

—Mamá, ésta es la primera vez que Riq hace algo por iniciativa propia desde que Luis... —Elena se detuvo, buscando la forma de explicarse—. Lo estuve observando desde las escaleras. Estaba hablando con

David, hablaba *normalmente*. No chillaba ni contestaba de mal modo como hace con cualquier persona mayor que se cruce en su camino. Si puede entablar una relación con David —su voz tomó un tono melancólico—, tal vez algún día la volverá a establecer conmigo.

—Pero no con David Moncloa. Él te hizo daño, Elena. Nos hizo daño a todos. No lo quiero en mi mesa.

—No lo quiero para ti. Lo quiero para Riq. Echa de menos a su padre. Tal vez David pueda ayudarle a llenar ese vacío y yo tengo que hacer lo posible para que eso ocurra.

—¿Y qué pasa contigo? —dijo Silvia astutamente—. Tú estás sola, *m'ija*. No me digas que no. ¿También va a llenar David ese vacío?

—No, mamá. —dijo rápidamente, queriendo que sus palabras sonaran ciertas—. Lo mío con David se terminó hace mucho tiempo. Pero él es el pariente hombre más cercano de Riq, y las cosas le están yendo muy mal en la escuela, y yo estoy muy preocupada...

—No me gusta —dijo Silvia como quien puede predecir el mal agüero—. Ese hombre fue algo para ti en una época, te rompió el corazón. No vuelvas hacia atrás.

—Mamá, sé amable, ¿de acuerdo?

Elena tomó a su madre por el brazo, y regresó con ella al comedor conduciéndola hasta su silla, a la cabeza de la mesa.

—Riq, ve a buscar a tu invitado —dijo Elena, y un momento más tarde estaban todos sentados alrededor de la mesa. David se sentó justo enfrente de ella, y Elena tuvo la sensación de estar viviendo algo que ya ha ocurrido. David estaba en el mismo lugar donde acostumbra a sentarse en las comidas familiares, años atrás, rodeado de sus hermanas. Riq se sentó de forma instintiva en el extremo de la mesa, donde su abuelo solía presidir la mesa.

Elena sintió un cosquilleo en la parte posterior del cuello debido al ambiente tenso que se respiraba. Una mezcla entre la desaprobación de Silvia, sus esperanzas a medio camino, y la lucha interna de Riq al querer herirla a ella, y actuar normalmente con David para intentar recobrar a su padre a través de su tío.

"Pobre David", pensó. Era la primera vez que sentía lástima por él.

Tras bendecir la mesa empezaron a pasarse platos de pollo con arroz, frijoles verdes y salsa de tomate, pan caliente y tortillas. Nadie dijo nada mientras comían, aunque Riq iba echando rápidas miradas a su madre, a su abuela y a David.

"Nunca lo adivinará", pensó Elena. Ni falta que hace. Hay cosas que los hijos no necesitan saber. Como lo locamente enamorados que habían estado ella y David años atrás, hasta aquel horrible día en que David pronunció unas palabras que no retiraría...

Elena sacudió la cabeza para sacarse esos pensamientos de encima. El pasado estaba muerto y enterrado. Ahora tenía mayores preocupaciones, empezando por su hijo, y por lo que fuera que David pudiera hacer para recuperar a su hijo.

—Riq, la Sra. Monroe me ha llamado hoy —empezó Elena con cuidado, añadiendo en dirección a David —: su consejera escolar.

—¿Estudias en Franciscan? —preguntó David.

—Sí. ¿Dónde se ha visto una escuela sin chicas? La odio.

—Tu padre y yo también la odiábamos —los ojos

de David apenas se veían, prácticamente cerrados a causa de la risa—. ¿Todavía es costumbre que los veteranos roben las manecillas del reloj del campanario?

—Me imagino que sí.

—Madre mía, cuando Luis y yo lo hicimos... fue la única vez que nos pillaron, y la culpa fue mía. No paré de insistir en que debíamos hacerlo con luna llena. "Con más luz", dije, "no necesitaremos linternas". ¡Qué tonto! Los guardias de seguridad podían vernos como si fuera a plena luz del día.

—¿Y qué pasó?

—Un semestre de castigos y horas extraordinarias de trabajo después de clase. Luis no podía creerlo. Le dio muchísima vergüenza. Nunca lo habían pillado en nada. Yo, lo acepté tal como vino.

—Porque no era nada nuevo para ti —comentó Silvia fríamente—. David Moncloa es un mal ejemplo, Enrique.

—De todas maneras, cuando llegamos a la universidad nos alegramos de haber ido a Franciscan —concluyó David—. La escuela es algo bueno si tú haces que lo sea.

—Y Riq tiene que hacer que sea mucho mejor de lo que es ahora —dijo Elena—. Tiene que participar en clase, pasar tiempo con sus compañeros de clase. Hacer las tareas de la escuela.

Riq le lanzó una mirada feroz.

—¿Las tareas? —preguntó David.

—Es una tontería —respondió Riq.

—Es lo que hacen los chicos de tu edad —dijo David—. Si no lo haces, ¿cómo vas a estar a la altura de los otros chicos?

—Y si no lo haces vas a suspender y perder todo el curso —la voz de Elena sonó seria.

—No me importa —Riq se movía inquieto en el borde la silla, a punto de salir de estampida, como siempre hacía en las noches en que se dignaba a reunirse con ellas para cenar.

—Pero a mí sí —contestó David anticipándose a la respuesta de Elena—. Te hago un trato, compañero. Si trabajas un poco durante las próximas dos semanas, empezando esta noche, te llevo a pasear en barco.

—Sí, claro.

—Palabra de Franciscan. Iremos a Stump Lagoon. Era uno de los rincones favoritos de tu padre.

Riq estaba deseando aceptar. Su mirada era hambrienta, necesitada. Y bien sabía Dios que Riq no había hablado tanto en meses. Elena no podía mostrarse demasiado rígida o Riq rechazaría la idea tan sólo para fastidiarla.

—Pónganse de acuerdo en los detalles. Mamá y yo vamos por los postres.

Elena se levantó y empezó a recoger la mesa. Un minuto más tarde Silvia se reunía con ella en la cocina.

En silencio vaciaron los platos y recogieron las sobras.

Mientras Silvia preparaba el café, Elena cortó en rodajas una piña y colocó los trozos en cuatro cuencos.

Al final Elena preguntó:

—¿Los has visto, mamá? ¿Entiendes ahora lo que quiero decir?

Silvia contestó con cierto reticencia en la voz:

—Lo he visto, sí. Enrique necesita un hombre en su vida, pero no el que está sentado a mi mesa.

—Lo siento, mamá, pero David está aquí y Riq está respondiendo. No veo otra alternativa.

Elena puso los cuencos en una bandeja, se impuso una sonrisa en la cara y volvió al comedor.

—¿Has llegado a alguna conclusión? —preguntó en dirección a Riq, quien gruñó por toda respuesta.

—Cuéntaselo —le instó David.

—Vamos a hacer lo que él ha dicho. Yo hago mi tarea diez días, y entonces vamos a pescar.

—Y vas a empezar ahora —dijo David.

—Disculpen —murmuró Riq al levantarse. Cogió su cuenco de piña, un tenedor y se dirigió hacia las escaleras pasando por la cocina.

—Tú madre subirá a comprobar cuando hayas acabado —dijo David.

Silvia miró a su hija y a David, se comió tres pedazos de piña y se excusó dejando a Elena cara a cara con el hombre al que había amado en una época. Sola.

Tenía buen aspecto, sentado ahí, enfrente de ella, masticando ese pedazo de fruta jugosa y dulce. El suficiente buen aspecto para hacer que ella dudara por un momento, sólo un momento, de lo rápido que le había asegurado a Silvia que David no iba a llenar ningún espacio vacío en su vida.

"No", se dijo a sí misma firmemente. *"Esto tiene que ver con Riq. Sólo con Riq."* Mientras tragaba un trozo de fruta le dijo a David suavemente:

—Gracias.

—No he hecho nada todavía —dijo David bruscamente levantando la vista del cuenco de fruta.

—Le has devuelto a Riq una parte de su padre. Hacía muchos años que no pensaba en esa travesura de los veteranos —sonrió casi para ella misma, recordando—. ¿No te das cuenta? Tú puedes explicarle tantas cosas. Cosas que yo no sé. Lo necesita.

Elena se calló. David removió su café con la cucharilla.

—Necesita un hombre en su vida —continuó

Elena—. Pero desde la muerte de Luis desconfía de todo el mundo. No habla con nadie. Tú eres el primero...

—Elena, ¿qué puedo hacer yo de bueno? —objetó David—. Estoy casado con mi trabajo, mantengo un horario terrible. Guardo rencores. Doña Silvia tiene razón. Soy una mala influencia para Riq.

—Has conseguido que haga su tarea.

—Tal vez, pero no soy alguien en quien se pueda confiar. ¿No te acuerdas? Solía dejarte plantada todo el tiempo.

—Siempre tenías una razón de peso —dijo ella suavemente.

David negó con la cabeza:

—Yo no sé nada de niños.

—No necesitas saber nada. Sólo tienes que ser su amigo —Elena se metió en la boca otro trozo de piña—. Dime, ¿hablabas en serio en la cocina?

—¿A qué te refieres?

—Los oí hablar. Me refiero a lo de echar de menos a Luis y sentir no haber hecho las paces nunca. ¿Lo decías en serio? —repitió.

—Supongo. Fue como si me diera cuenta de repente. No había pensado mucho en ello antes. No había tenido necesidad de hacerlo.

Elena se apoyó encima de la mesa, lo suficientemente cerca como para poder oler la piña en la boca de David, como para poder aspirar el aroma de café y crema que desprendía la taza de él.

—Esta es tu oportunidad —dijo repentinamente—. Arregla ese error con Riq. Sé un hombre para él. Eres de su familia al fin y al cabo.

—Tu madre no me quiere por aquí.

—Ni mis hermanas. ¿Y qué? Riq te necesita —

Elena dio el toque final, dejando claro lo bien que lo conocía todavía—. Piensa en ello como en tu deber. Esa es una palabra que siempre entendiste muy bien.

—La mayoría del tiempo —David apartó el plato de postre, se terminó el café de un sorbo, y levantó la cabeza clavando su mirada en la de Elena—. ¿Y tú, Elena?

—¿Y yo, qué?

—Si me convierto en parte de la vida de Riq, también seré parte de la tuya.

Ella negó con la cabeza:

—No se trata de nosotros. Nunca se tratará de nosotros. Yo no soy la misma de hace quince años. Me fui de aquí, me convertí en madre. Enterré a mi marido, y mi hijo está sufriendo su pérdida. Pero tú puedes ayudarle, y por eso te quiero cerca.

David se puso de pie bruscamente:

—Me tengo que ir, Elena. Gracias por la cena. Hazme saber si Riq mantiene su parte del trato.

Se dirigió hacia la puerta de la casa. Elena lo seguía, a unos cuantos pasos de distancia y lo alcanzó cuando él abría la puerta. Esta vez fue la mano de ella la que estaba encima de la de él. Era una sensación ajena, y aun así de alguna forma tenía sentido. Estaban a punto de empezar algo nuevo, algo diferente.

Algo que estaba centrado en la preocupación por su hijo. Ella era la madre de Riq y haría cualquier cosa por proteger a su hijo de cualquier sufrimiento. Incluso si eso significaba dejar entrar en su vida de nuevo a David Moncloa.

Elena se incorporó hacia David, rozó ligeramente su mejilla contra la de él, y susurró:

—Gracias de nuevo. Los dos lo van a pasar muy bien. Te lo prometo.

Demonios, ¿en qué lío se acababa de meter? David se subió al coche patrulla sin identificación deseando que fuera su propio Mustang. Lo pondría en marcha e iría a dar una vuelta, tratando de entender qué había hecho para volver a ser parte de la vida de Elena Chávez. De la vida de Elena Chávez Santiago. La viuda de Luis. Su propia...

Sin haberlo solicitado, había sentido de nuevo el toque de la mejilla de Elena junto a la suya. Suave y cálida, con un algo de perfume y un resto de piña todavía en su aliento. No había sido un beso, ¡por el amor de Dios! Había sido un simple "Adiós, hasta la vista, gracias".

Y había sido algo más. Un toque de...

"Es un problema", pensó David mientras ponía en marcha el coche y lo sacaba de la rampa de estacionamiento. *"Elena se está engañando a sí misma si piensa que todo esto es sólo por Riq."*

La cuestión es que Riq era un problema. Estaba enfadado y deprimido, y obviamente, bastante. Su actitud le había creado problemas incluso en la escuela. Sin tener que esperar demasiado, tendría problemas con las autoridades.

Y David sabía mucho sobre autoridades. Él era parte de ellas.

La cara del chico se le apareció en el pensamiento, recordándole a sí mismo. Insistiendo. Él había sido demasiado orgulloso para hacer las paces con Luis, pero ahora tenía la oportunidad de hacer algo en honor de su amistad de la infancia. *"Sé un hombre para el hijo de Luis, como ha dicho Elena."*

Le gustaba el chico a pesar de su insolencia. Le recordaba a sí mismo a esa edad.

"Y finalmente saliste bien", razonó consigo mismo.

"Sí, si salir bien significa volver cada noche a un apartamento vacío, y que tu madre te cocine la comida que no sea congelada o precocinada."

Bueno, ésa había sido su propia elección. Era un policía, y el tipo de policía que él era no necesitaba crear su propia familia. Una familia es una responsabilidad. No podría poner su vida en riesgo cada día si tuviera que estar pensando en una esposa y niños esperándolo en casa. *"El amor se llevó tu nervio."*

O al menos eso es lo que se había dicho a sí mismo durante mucho tiempo. Había mantenido relaciones de tipo esporádico precisamente por esa razón.

Pero Elena era algo distinto. No se le ocurría cómo podía vincularse al chico sin hacerlo con la madre. La verdad es que, siendo sincero consigo mismo, no quería dejar de hacerlo. Él tampoco era el mismo hombre de hacía quince años. Las actitudes pueden cambiar. A veces en una sola tarde.

Se imaginó a Elena. Siempre había sido fuerte, siempre convencida de que tenía razón. Nunca se había mantenido al margen como muchas otras mujeres. Y hoy lo había vuelto a demostrar. Ni con el gamberro que había entrado en la escuela, ni con él. Elena supo siempre lo que quería y había sabido ir en su busca.

Incluso cuando lo que había decidido fuera algo absolutamente estúpido. David resopló. Atacar a un chico que podía estar drogado o simplemente loco, y armado con una pistola que podría haber matado a cualquiera de los que estaban allí.

Ahora había decidido pedirle a él que volviera por su hijo, cuando ella sabía tan bien como él, que eso era jugar con fuego...

Entró en la zona de estacionamiento. Iba a pasar

por su oficina un momento para comprobar que todo marchaba bien y terminar su turno. Después subiría a su propio coche y bajaría la capota. Daría un paseo por el lago, tal vez correría a pie un poco. Se sentía demasiado inquieto para irse a casa. Se le agolpaban las imágenes de Elena: en la escuela, en el coche, después de cenar. Su perfume, el roce de su mejilla, el contacto de su mano. Su miedo, su fuerza, sus preocupaciones.

"Maldita sea", Elena se le había metido adentro. Cinco horas en su compañía y se estaba enganchando otra vez. Había aprendido como arreglárselas sin ella. ¿Por qué tenía que haber vuelto a aparecer en su vida con la fuerza de un rayo?

En una ocasión él se había ido. Esta vez no estaba seguro de tener la fuerza de hacerlo.

Dos horas más tarde Elena miraba boquiabierta e incrédula las tres páginas del cuaderno de Riq llenas de ecuaciones, ejercicios de vocabulario y anotaciones. Realmente Riq había sacado los libros y hecho la tarea. Sin demasiado cuidado, por supuesto, pero era un gran paso.

"Contrólate", se dijo a sí misma Elena, reprimiendo sus ganas de saltar por los aires de alegría. Asintió con la cabeza en señal de aprobación.

—Una noche menos. Te quedan nueve —dijo, y le devolvió el cuaderno a Riq—. Hablaré con la Sra. Monroe mañana y le diré que te vas a esforzar un poco más.

—Mamá.

—Sólo me va a ayudar a mantenerme informada. David querrá saber todos los detalles antes de sacarte a pasear.

—¿Qué pasó? —preguntó Riq tímidamente—, ¿qué pasó entre papá y David?

—No lo sé —dijo ella sinceramente, recordando. Tenía sus sospechas, por supuesto, la mayoría sobre sí misma. Pero Luis siempre se había negado a hablar.

No había pasado mucho tiempo entre el día en que David le había pedido que le devolviera el anillo, y el día en que Luis la invitó a salir. Ella aceptó por diferentes razones: para herir a David, porque su familia aprobaba a Luis y porque era mejor salir que estar encerrada en casa.

Se dio cuenta de que Luis era un buen hombre, estable y cariñoso. Que la amaba. Cuando unos meses más tarde él recibió una oferta con el trabajo de sus sueños en Denver, decidieron casarse rápidamente y ella también se fue.

David, por supuesto, no fue a la boda, como tampoco fue al funeral.

Pero ahora, por culpa de un chico desequilibrado que había entrado en la escuela con una pistola, David había reaparecido ofreciendo algo a lo que Riq había respondido. David era el último hombre que ella esperaba como respuesta a sus oraciones. Pero Dios ayuda por caminos misteriosos. Lo único que ella tenía que hacer, era poner su propio dolor al margen, y dejar que David ayudara a Riq.

—Eran muy jóvenes cuando eso ocurrió —añadió—, y el orgullo nunca les dejó superar lo que fuera que pasara entre ellos. Es algo que merece la pena recordar. No es bueno guardar rencor demasiado tiempo —*"incluso contra tu propio padre por morir, o contra mí por llorar su muerte de una forma distinta a la tuya"*, pero eso último no lo dijo.

—Lo que tú digas. —Riq metió su tarea dentro de

la bolsa del colegio. Claramente la conversación había terminado.

—Buenas noches —dijo ella cerrando la puerta a sus espalda. Cuando oyó el "clic" levantó el puño en señal de victoria. Acababa de ver el primer resultado y difícilmente podía controlarse para no bailar por el pasillo hasta su cuarto.

Riq siempre había sido un buen chico, pero había dejado de serlo después de la muerte de Luis. ¿Cómo podía concentrarse en su tarea cuando todo su mundo se había derrumbado?

En algún momento tenía que salir de su dolor. Eso era lo que el consejero les había asegurado, pero hasta el día de hoy Riq parecía obstinado en demostrar que el consejero estaba equivocado. David había encontrado la clave, eso era lo único que importaba. Ella podía hacer cualquier cosa por recuperar a su hijo.

Estaba demasiado alterada para dormir. Tenía que prepararse para el día siguiente. Iba a tener reuniones todo el día: la junta, las maestras, los padres... sin duda los medios de comunicación también.

Iba a ser un día duro y agotador, y cada instante le iba a recordar los extraordinarios sucesos del día anterior. Pero podía enfrentarse a ello, podía enfrentarse a cualquier cosa, porque había vislumbrado a su hijo de nuevo, y por primera vez en meses pensaba que Riq podía estar bien.

Capítulo 3

—Estupendas noticias, Sra. Monroe —dijo Elena dos semanas más tarde cuando la consejera escolar de Riq llamó con su informe.

—Estamos todos encantados con el progreso de Riq. Hace su trabajo, participa en clase, incluso habla con algunos de sus compañero a la hora del almuerzo. Lo que sea que esté usted haciendo, siga adelante.

—Un tío lejano —dijo Elena sencillamente—. Él y Riq están haciendo buenas migas.

—Fantástico —Elena casi podía ver la sonrisa de la Sra. Monroe a través del teléfono—. ¿Sabe?, el mes que viene vamos a celebrar la misa del padre y el hijo. Le iba a ofrecer a Riq que se sentara con el director, pero si quiere traer a su tío, no habría ningún problema. Muchos chicos lo hacen.

—Se lo diré. Y muchas gracias por su paciencia y preocupación. Estoy empezando a creer que pueda haber una esperanza para todo esto, al fin y al cabo.

Las dos mujeres se despidieron. Al colgar, Elena levantó la vista hacia el cielo:

—Gracias, Dios mío —dijo en voz baja a la vez que una sensación de alivio fluía por su ser.

Riq había cumplido su promesa. David había jugado un buen papel llamando por teléfono para comprobar cómo iba todo, y Elena había revisado su tarea cada noche, pero necesitaba la confirmación de Julia Monroe para asegurarse de que no se lo estaba imaginando todo.

Riq todavía se mostraba brusco con ella cuando se dignaba a hablarle. Pero eso era lo último que iba a cambiar. Se daba por contenta de que Riq empezara a trabar amistad con otras personas, empezando por David.

Miró el reloj: las tres y media. Podía irse a casa. Los primeros días después del incidente en la escuela Elena había empezado a trabajar muy temprano y se había quedado hasta tarde, trabajando con las maestras, la junta y los grupos de padres para desarrollar un sistema de seguridad. También había revisado el presupuesto para comprar un nuevo sistema de cámaras, para ofrecer un curso de defensa personal a cualquiera que lo solicitara, e incrementar la seguridad para el resto del semestre.

Poco a poco la escuela había vuelto a la normalidad. Cuando se aseguraron de que no iba a haber otros incidentes parecidos, las maestras y los estudiantes volvieron al patio de juego y a los campos de deporte. Desde su ventana, podía oír los gritos de alegría del equipo de fútbol, y a los niños de la guardería jugando a la mancha y a pegar a la pelota.

Después de todo, habían tenido mucha suerte.

El que había tenido más suerte era Riq. Si David no hubiera sido el que atendió esa llamada, si ella no hubiera aceptado que la llevara a casa, ella y Riq estarían todavía envueltos en una guerra de la que no saldría nada positivo. Pero ahora tenía esperanza, y Riq podía realmente tener un futuro... Llamarían a David esta noche para darle las buenas noticias.

Alguien llamó a la puerta.

—Pase —dijo alegremente, cerrando su maletín.

Al no recibir respuesta, levantó la cabeza y se quedó paralizada al ver a David. Se apoyó lánguidamente en el marco de la puerta, su cuerpo esbelto dentro de los *jeans*, una gruesa camisa gris y una chaqueta deportiva.

—¡David!, justamente estaba pensando en...

—¿Mí? —dijo él con voz suave—. Me siento halagado —cruzó el umbral y le dio un suave puntapié a la puerta que se cerró tras él.

—David —dijo con desaprobación, dejando de observarlo. No lo había visto en dos semanas, deliberadamente, aunque eso no había sido suficiente para alejarlo de sus pensamientos. Preguntándose, esperando, rezando para que él fuera capaz de hacer con Riq lo que ella no había podido.

En alguna ocasión sus pensamientos habían ido por otros caminos, preguntándose lo que él podría hacer por ella. Pero siempre había interrumpido ese tipo de pensamientos despiadadamente. No eran convenientes, ni útiles. Su preocupación era David y Riq. No había lugar para David y Elena.

—Pareces cansado —comentó preocupada, a pesar de sus esfuerzos por mantenerse indiferente—. ¿Te encuentras bien?

—Un mal día, y largo.

—Bueno. Yo tengo buenas noticias para ti. Acabo de hablar con la consejera escolar de Riq. ¡Lo ha conseguido! Dos semanas de cooperación.

—¡Bravo por el muchacho! —David sonrió y la

sonrisa cambió su cara. Pasó de parecer agotado a estar increíblemente guapo con sólo estirar un par de músculos—. Así que los sobornos funcionan —añadió.

—Incentivos, David. O recompensas, pero no sobornos.

Sonrió de nuevo:

—Me gustan las palabras comunes.

David cruzó la sala hasta el escritorio de Elena, se metió la mano en el bolsillo, y sacó un descolorido señuelo de plumas para pescar que le tendió a Elena:

—Le he traído algo a Riq. Por si el informe era bueno. No aprietes...

—¡Ayyy! —el aviso llegó demasiado tarde. Elena se había clavado el señuelo en el dedo índice, y una brillante gota de sangre brotó de él. Instintivamente se metió el dedo en la boca.

David tomó un pañuelo de papel de la caja sobre el escritorio. Suavemente le sacó la mano de la boca y miró el pequeño pinchazo. Le aplicó el pañuelo sobre la herida apretando firmemente durante un rato para que la herida dejara de sangrar.

En menos de un minuto todo había pasado. En realidad no había pasado nada. Pero a la vez...

El contacto con David la sorprendió. La mano de David, envolviendo su dedo como una manta a través del pañuelo. Era agradable tener a alguien que cuidara de ella. Incluso para algo tan insignificante.

Desgraciadamente era David, la última persona del mundo con el más mínimo derecho de cuidarla. La última persona que ella deseaba que la cuidara.

Elena retiró su mano y sacó los restos de papel del pañuelo:

—Ya está bien —dijo ignorando el pequeño punto de dolor en el lugar del pinchazo.

David recogió el señuelo:

—Lo siento —confesó avergonzado.

—No es nada —dijo ella cogiendo el señuelo de nuevo, con más cuidado esta vez—. ¿Qué es esto? Parece bastante viejo.

David retrocedió y se apoyó en la biblioteca:

—No has cambiado, ¿verdad? Sigue sin interesarte lo más mínimo lo que pasa ahí afuera, ¿no? Es para nuestro día de pesca. Luis y yo solíamos utilizar este tipo de señuelo. He pensado que a Riq le podría gustar.

Elena se sintió conmovida, sonrió y levantó la vista buscando la de él.

—Eres bueno para entender cosas de chicos. Se va a poner contentísimo.

—Pensé que podría estar bien —David parecía completamente satisfecho, como si le complaciera más la felicidad de Elena que la de Riq.

Elena se imaginaba eso, de la misma manera que se imaginaba que hacía mucho calor en su oficina de repente. Era mediados de octubre, ¡por Dios! Dejó el señuelo encima de su mesa y estiró la mano en busca de la fina cadena que abría la parte inferior de la ventana.

—El sábado, ¿de acuerdo? —dijo él.

—¿El sábado? —repitió ella.

—Para salir.

Ella le miró desorientada, incapaz de fijar la vista en nada de lo muy sofocada que se sentía. Tiró de la cadena, abrió la ventana de un suave golpe seco. Se sintió una suave brisa.

—A pescar —añadió David con cierto retintín.

—Claro, claro... —Elena sacudió la cabeza y añadió todavía aturdida—: No sé dónde tenía la cabeza.

Pero sí que lo sabía. Se había perdido en la sonrisa de David, por su cercanía y su seguridad en sí mismo, sintiendo en un lapsus algo lasí como... ¿atracción? ¿interés? No estaba segura. Sólo sabía que David se las había arreglado para entrar en su mente para paralizarla durante un largo segundo.

Tenía que tener más cuidado. Su sentimiento más apropiado hacia David debía ser gratitud por lo que había hecho por Riq. No debía dejarse llevar por otros motivos y complicarlo todo.

—Ya he terminado por hoy —dijo David metiéndose el señuelo en el bolsillo—. Se me ocurría que podía pasar a ver a Riq para hacer planes, ahora que sé que lo ha conseguido.

—Perfecto —debería dejar que fuera él solo. Si le acompañaba sabía que habría complicaciones. Pero, ¿cómo podía perderse el momento de felicitar a Riq?—. Voy a recoger mis cosas. Puedes llevarme a casa.

Elena ignoró las miradas de sincera curiosidad que recibió de Sandra y de las otras maestras cuando ella y David salieron juntos de la oficina. Cinco minutos más tarde estacionaban delante de su casa y entraban.

—¿Quieres café u otra cosa? —preguntó Elena cuando se dirigían a la cocina.

David bostezó:

—No, gracias. He estado de servicio toda la noche. Me voy directo a la cama en cuanto llegue a casa.

Se quedaron de pie en la cocina, esperando a Riq en silencio. No había nada más que decir.

La casa vibró literalmente cuando el autobús de la

escuela se paró enfrente. Cuando volvía a arrancar, Riq abrió la puerta y entró.

—Estamos en la cocina —dijo Elena.

Riq no contestó, y tardó en aparecer. Iba encogido. Parecía aburrido y deprimido. Pero cuando vio a David su actitud cambió. No demasiado, pero se enderezó un poco y empezó a moverse con más determinación.

—David —dijo Riq esperando un poco antes de añadir—: Mamá —pero no la miró.

—He hablado con la Sra. Monroe esta tarde —dijo Elena ignorando el desaire de Riq.

—¿Ah, sí? —su voz sonaba cargada de desconfianza, como si esperara algún tecnicismo para regañarle.

—Y nos vamos a pescar el sábado, compañero —dijo David, dándole a Riq una palmada en la espalda y sujetándolo por los hombros—. Lo has conseguido.

—Estoy muy orgullosa de ti, hijo —dijo Elena.

Riq volvió a ignorarla, concentrando su atención en David:

—Está bien —dijo con indiferencia—. ¿A qué hora?

—Te paso a recoger a las cinco.

Se metió la mano en el bolsillo y sacó el señuelo—: Te he traído esto. A tu padre y a mí solía gustarnos. Guárdalo.

Riq lo miró un instante, asintió y se lo metió en la bolsa:

—Sí, recuerdo...

—Riq... —dijo Elena haciéndole señas con la mirada.

—Ah, gracias.

—De nada —bostezó David de nuevo—. Lo siento, muchacho. Me quedaría a charlar, pero me tengo que ir a dormir. Demasiadas guardias esta semana.

—¿Quieres una coca–cola o algo?

—Lo que necesito es dormir. Hasta el sábado.

—De acuerdo.

—Buen trabajo, Riq. No aflojes ahora. Después de la pesca, se me ocurrirá algo nuevo.

—Ir de pesca está bien —dijo Riq suavemente—, muy bien.

Las palabras de Riq llegaron al corazón de Elena mientras los miraba dirigirse hacia la puerta principal. ¿Cuándo dejaría su presencia de causarle tanto dolor y rabia a Riq? No tan pronto como ella deseaba.

Mientras tanto estaba David, que era mejor que lo que habían tenido hasta ahora.

Elena los dejó despedirse a solas, pero en cuanto empezó a subir las escaleras, oyó a David diciendo severamente:

—Cuida de tu madre. Merece que la trates mejor.

Riq murmuró algo, la puerta se abrió y David se fue. Elena bajó de nuevo y esperó a Riq.

—¿Quieres algo de comer? —preguntó con voz neutra.

La mirada de Riq se tornó más desafiante, hasta que sus ojos se convirtieron en dos rendijas, y entonces gritó bruscamente:

—¡No!

Elena suspiró y se volvió hacia las escaleras.

Riq se controló a sí mismo:

—Sí —rectificó suavemente—, por favor.

"Eso era una victoria", pensó Elena. *"Pequeña, pero cualquier señal de civilidad era una victoria en estos momentos."* Abrió un armario y sacó un pan. Preparó un sandwich y lo puso en un plato.

—Gracias.

Se hubiera sentado con él, pero eso hubiera sido

forzar demasiado la situación. Se dio vuelta y dirigió hacia las escaleras:

—Me voy a cambiar. Estoy muy orgullosa de ti.

Sin esperar respuesta empezó a subir las escaleras.

Por eso no había salido con el barco más a menudo pensaba David el sábado a las cuatro de la mañana. Era dificilísimo levantarse tan pronto, y con excepción de un farol en la calle, a media cuadra, todo estaba completamente negro. Menos mal que había enganchado el remolque a la vieja *pick-up* anoche, porque seguro que no habría sido capaz de hacerlo ahora, por la mañana. Además de ser incapaz de ver en la oscuridad, le dolía muchísimo el brazo.

Se ajustó el cabestrillo para mantener el brazo izquierdo todavía más apretado contra el cuerpo. Era uno de esos días en que pensaba que era ya demasiado viejo para perseguir criminales. Por lo menos para perseguirlos literalmente.

Anoche había visto a un gamberro tratando de robar en la estación de servicio donde había parado para poner gas en el coche y el barco. Cuando le mostró la placa de identificación, el ladrón salió huyendo.

Alcanzó al chico y lo detuvo, pero no antes de una persecución en la que se cayó al saltar la valla de ocho pies que había escalado el chico. Fue una caída fea. Resbaló sobre un montón de hojas húmedas y se torció la muñeca. De hecho, esta mañana todavía no podía mover el brazo, incluso después de una visita al doctor y toda una noche de baños en remojo, vendas elásticas y un montón de medicamentos.

"Cancela la pesca". El pensamiento le pasó por la

cabeza, pero trató de ignorarlo. ¿Cuándo si no? Tenía que estar de servicio todo el fin de semana siguiente. Riq ya había tenido suficientes decepciones en los dos últimos años. Además, una vez que llegara, Riq podría hacer la mayoría del trabajo.

Excepto conducir. Ése era el problema. El viejo camión tenía un sistema de transmisión muy duro, y cambiar de marchas y girar al mismo tiempo con su muñeca así... Bueno, prefería no pensar en eso.

Ya vería qué tal le iba de camino a casa de Riq. Conducir seis millas por la ciudad le indicaría si podía hacerlo hasta Bayou La Loutre.

Entró en la cabina y se tomó cuatro antinflamatorios más deseando que los latidos que sentía en el brazo desaparecieran. Con pesca o sin ella, no le gustaba el dolor.

Encendió las luces y salió a la carretera. Condujo con el brazo sano, girando con las rodillas y un par de dedos de la mano izquierda cuando tenía que cambiar de marcha. No iba a pescar demasiado hoy, se imaginó. No si conducir dolía tanto.

El tráfico era fluido a esa hora, y llegó a casa de Elena en unos minutos. Riq estaba esperando en el porche con dos cañas de pescar y la caja de aparejos.

—Hola, compañero —dijo David, saliendo de la cabina—. Tengo malas noticias.

—¿Qué quieres decir? —entonces miró a David y vio su brazo en el cabestrillo—: Pero hombre, ¿qué has hecho?

—Perseguir a tipos malos.

—¿Te duele?

—Sí. Pero el verdadero problema es que no puedo conducir. El barco gira solo en el agua, pero llegar allí va a ser un poco complicado.

—Entonces, ¿no vamos? —dijo sin hacer ningún esfuerzo por disimular la decepción en su voz.

—No a menos que tengas licencia de manejar, compañero. Lo siento.

Riq resopló en el momento en que Elena salía de la casa, con cara de sueño y en *sweats,* con una bolsa de plástico llena de comida.

—Todavía no están listos —y se calló al ver a David bajo la luz de la farola, y el reflejo de la cinta adhesiva del cabestrillo—: ¿Qué ha pasado?

—Atrapando criminales —dijo Riq—, pero ahora no puede conducir.

—Oh, David —dijo preocupada—. ¿Está roto?

—No, pero Riq tiene razón. No puedo conducir. Así que creo que tendremos que dejarlo para otro día.

—Pufff, ¡qué fastidio! ¿Por qué estas cosas siempre me pasan a mí?

—Creo que al que le pasó algo fue a David —dijo Elena secamente—. Lo siento mucho.

Miró a Riq. Estaba hurgando en la hierba con el zapato. —Realmente no podía esperar.

Se acercó a David, dejó la bolsa de comida en el suelo y le tomó los dedos de la mano. Sacudió con la cabeza:

—Tiene mal aspecto. Es mejor que descanses. Vayan a pescar la semana que viene.

David vio que lo había tocado pero no pudo sentir nada a través de los dedos hinchados. ¡Qué pena!

—No puedo. He cambiado las guardias de este fin de semana con un compañero.

—¡Qué fastidio! Nunca puedo pasarlo bien.

—Riq, esto no tiene nada que ver con pasárselo bien —dijo Elena en ese tono maternal de advertencia que los adolescentes odian tanto. Riq simplemente le echó una mirada como si no pudiera creer que ella fuera a soltar un sermón.

—Es peligroso —continuó—. David podría hacerse más daño. ¿O qué pasa si surgen complicaciones en el agua y necesitas cuatro manos? Cuatro manos de verdad. Lo siento, Riq. Tendrás que esperar.

—Podrías venir —dijo Riq tímidamente.

—¿Qué?

—Para manejar, quiero decir. Ese es el problema. David dice que el barco gira solo, pero que el problema es llegar hasta el muelle.

—Bueno, eso es una idea —dijo David lentamente. No estaba tan seguro de que fuera una buena idea. ¿Elena todo el día alrededor? Podría pasar algo a pesar de sus mayores esfuerzos de resistencia.

¿Y?

Y hasta podía hacer todo lo posible para que eso pasara, por loca que fuera la idea. *"Despacio, Moncloa, que llevas carabina. Tranquilízate y tómatelo con calma."*

—¿Qué te parece, Elena? —dijo David suavemente—. Riq tiene su día de pesca y tenemos un par de manos más en el barco.

—No hablan en serio —dijo mirando hacia Riq y David alternativamente—. Esto era algo entre ustedes. No quieren que yo vaya.

—No —dijo Riq con franqueza—. Pero si no vienes no va nadie.

—Ni siquiera me gusta pescar.

—Pues llévate un libro y quédate en el camión. El barco no es tan grande. ¿O simplemente es que no quieres que yo lo pase bien?

—Ya está bien, Riq —dijo David repentinamente—. Deja que tu madre lo piense un momento.

Ella se encogió de hombros y abrió las manos con las palmas hacia arriba:

—De acuerdo. Tú ganas.

—Qué buena, Elena. Te prometo que no será tan malo. Y tú y yo, compañero —dijo volviéndose a Riq—, iremos solos dentro de un par de semanas, y te prometo que no me dará por perseguir a tipos malos el día antes.

—¿Cómo sucedió? —la voz de Riq sonaba llena de intriga.

—Te lo voy a contar todo mientras tu madre prepara sus cosas. Ponte unos pantalones cortos debajo de los *sweats* y trae un sombrero y un abanico —dijo dirigiéndose a ella—. Yo llevo crema para el sol y una heladera con bebidas.

—Vamos, mamá —dijo Riq con impaciencia—. Se está haciendo de día.

Elena se metió en la casa con cierta resistencia, sacudiendo la cabeza. David la observó meterse en la casa, preguntándose en qué lío se había metido.

Se había mantenido a distancia estas dos últimas semanas, tratando de no pasar por la casa, de mantenerse breve en el teléfono las dos veces que no había contestado Riq. Quería verla, pasar tiempo con ella. Ver si estos quince años lo habían hecho algo más listo que la última vez.

Pero no lo había hecho porque Elena había dejado muy claro que no había futuro para ellos.

Sin embargo, gracias a Riq las cosas estaban tomando un rumbo muy distinto esa mañana, y Elena casi ni protestaba. Si David conseguía salvar el día, tal vez ella y el hijo podían encontrar un espacio común donde reencontrarse. Ella estaría agradecida por eso. Y la gratitud podía encaminarlos a todos a algo interesante.

Diez minutos más tarde ya le había contado a Riq la historia de la persecución de la noche anterior, y ya había contestado a todas sus preguntas mientras Riq cargaba lo que necesitaban en la parte trasera del camión. Elena reapareció y se sentó en el asiento del conductor. Como Riq era más bajo que David, se sentó en el medio agarrándose fuertemente para evitar caerse encima de David o de su madre.

"Esto es una tortura exquisita", pensó David. Estaba lo suficientemente cerca como para tocarla, con una carabina de catorce años, que no quería la atención de su madre.

"Cálmate", se dijo. *"Ya tendrás tiempo. Riq no va a cambiar del día a la noche."*

Cuando llegaron al muelle el sol estaba empezando a divisarse en el horizonte, pintando el cielo de un rosa suave y azul. Había una pequeña tienda sostenida por pilotes de madera al borde del agua, donde vendían hielo, cebos, comida, bebidas y gasolina. Una chica de pelo negro y rizado salió al porche cuando ellos llegaron.

—Hola —dijo vivamente acercándose a la ventanilla de Elena—. ¿Necesitan algo?

—Buenos días —dijo David echándose hacia delante para hablar con ella. Podía oler el pelo de Elena de tan cerca como estaba. Coco y menta. Agradable—. ¿Qué tal está la pesca?

—Fantástica. Como siempre.

—Muy bien, pues. Necesitamos dos bolsas de hielo, un cubo de cebo y dos permisos de pesca.

—Sí, señor.

—Los permisos son para ti y para tu madre, Riq

—dijo David—. Ve a rellenarlos mientras nosotros preparamos el barco para zarpar.

David bajó del camión y dejó que Riq pasara por delante en silencio. Entonces volvió a subir y tomó el lugar donde había estado Riq. Tal vez más cerca.

—Hora de zarpar —dijo—. Sólo tienes que alinear el remolque hacia arriba y luego hacia atrás. Todo irá bien mientras el agua no entre en el escape.

—Ahórrate los comentarios ingeniosos.

—Toda va a ir bien —concedió él—. Sólo se te ha calado el camión tres veces viniendo hacia acá. Nunca has podido conducir con cambio manual, ¿verdad?

—Ese estúpido embrague —dijo Elena por toda respuesta tomando la palanca de cambios y metiendo la marcha atrás. Dejó ir el embrague cuidadosamente, pero aun así el camión tembló y se caló.

—Bueno, cuatro veces —sonrió David mientras ella ponía en marcha el coche de nuevo.

—Ya basta —dijo seriamente—, o lo haces tú mismo.

—Oh, no, señora. Lo está haciendo de maravilla —y se acercó un poco más a ella mientras dirigía el remolque por la rampa abajo.

—David...

—Sólo estoy comprobando los espejos —sonrió él—. Vamos, continua. Estás justo en el medio.

—Serías de más ayuda desde afuera.

—Tal vez. Pero tú estás adentro.

Ella le clavó una mirada de aviso mientras tiraba del freno de emergencia y apagaba el contacto.

—Está bien, está bien —David levantó su brazo sano en señal de rendición a la vez que ella se bajaba del vehículo sintiendo aún el espacio caliente donde su pierna había rozado la de él. David abandonó una punzada de remordimiento y bajó también. Esta vez para asegurar y bajar el barco, estacionar el vehículo y empezar su camino. Hasta ahora la mañana había sido muy interesante. Esperaba que el resto del día fuera igual de bueno.

Riq y la chica se dirigieron adentro. *"Es muy linda"*, pensó Riq echándole una ojeada desde detrás. Verdaderamente linda. Era una pena que viviera allí, en el medio de la nada.

—Toma —dijo ella inclinándose hacia delante para sacar una par de impresos oficiales y una pluma debajo del mostrador. Su camiseta se enrolló hacia arriba siguiendo su movimiento y mostrando la piel suave y bronceada de la cintura. Sí, no cabía duda de que era muy linda.

Riq rellenó los impresos mientras ella sacaba las bolsas de hielo del congelador y las dejaba delante de la puerta de entrada. Cuando regresó tomó los impresos y les echó una ojeada.

—¡Vaya! —dijo—. Somos prácticamente vecinos.

—¿No vives aquí? —preguntó Riq.

La chica sacudió la cabeza:

—Sólo vengo aquí los fines de semana para ayudar a mi padre. Él y mi madre están divorciados.

—Lo siento.

Ella se encogió de hombros:

—Te acabas acostumbrando. Tu familia parece agradable. Me apuesto que la gente te debe decir todo el tiempo lo mucho que te pareces a tu padre.

—No es mi padre —dijo Riq fríamente.

—Vaya. Lo siento —parecía avergonzada y se volvió hacia un largo escritorio de madera con una computadora portátil. Abrió el cajón del centro del que sacó un sello de goma y un cuaderno de sellos color púrpura. Puso el sello en las licencias con un golpe seco y las tendió hacia el lado del mostrador donde estaba Riq sin mirarlo a los ojos.

No debería haber sido tan maleducado. Dios. Le había hecho lo mismo a su madre todo el tiempo, incluso cuando no tenía la intención de hacerlo.

—Es mi tío —dijo lentamente—. Lo conozco desde hace sólo un par de semanas. Mi padre... murió.

La chica lo miró con sus grande ojos negros llenos de compasión:

—Eso es terrible. Lo siento. Me imagino que es mucho peor que un divorcio.

—Sí.

—Échame una mano con el hielo y el cubo de cebo, ¿Riq? —preguntó un segundo después.

—¿Cómo sabes mi nombre?

—Está en tu licencia, tonto.

Riq se metió las licencias debajo del brazo y cargó dos bolsas de hielo hacia el barco:

—¿Cómo te llamas?

—Roberta. Berta Boudreaux.

—¿Vas a estar aquí cuando regresemos, Berta Boudreaux?

Berta sonrió:

—Depende de la hora.

Ya habían llegado al muelle. David abrió las heladeras y les hizo un gesto a Riq y Berta para que subieran a bordo y pusieran el hielo adentro. Sacó su billetera y arregló las cuentas con Berta.

David y Elena bajaron del barco para estacionar el camión a unas cuantas yardas de distancia. Luego dejaron el camión y se pusieron en camino. Estaban listos para salir en un par de minutos.

Pero lo que él quería hacer realmente era seguir hablando con Berta. Era tan agradable. ¿Pero cómo? ¡Tenía que conseguir su teléfono!

¿Y si ella decía que no? Se moriría de vergüenza, sobretodo delante de David. Y de su madre. De ninguna manera.

—¿Cómo te voy a contar el tamaño del pez que pesque si ya te has ido? —dijo tratando de mantenerse en su sitio cuando en realidad la desesperación se estaba apoderando de él.

—Mándame un mensaje —dijo sonriendo—, BertaB, @aol.com.

Riq se tranquilizó de repente y afirmó con la cabeza. Una dirección electrónica era tan buena como un número de teléfono.

Saltó de nuevo al barco e incluso le dio la mano a su madre cuando llegó al muelle al cabo de unos segundos. David subió último, puso en marcha el motor, soltó las amarras y empujó el barco hacia aguas abiertas.

Elena miró hacia atrás, hacia el muelle desde donde la chica les gritaba:

—Fue un gusto conocerles. Buena suerte. —Riq le correspondió con los dos pulgares hacia arriba, y después con aire despreocupado empezó a inspeccionar la embarcación.

"*Aquí pasa algo*", pensó Elena astutamente. Riq la había ayudado a subir al barco. Y la expresión con el ceño fruncido que acostumbraba a llevar había desaparecido. Lo que fuera que la chica hubiera hecho o dicho, era digno de ser atrapado y llevado a casa.

Y ahora estaba más cerca de David, preguntándole

cosas, haciendo comparaciones, completamente metido en la experiencia. ¿Estaba siendo testigo de un milagro?

—¿Dónde estamos exactamente? —dijo Riq.

—En Bayou La Loutre. Para llegar a Stump Lagoon es todo recto. Seguramente podremos pescar algún rojizo lindo e incluso alguna trucha o dos moteados.

—¿*Agua salada*? —preguntó Riq—. Pero esto no es el golfo de México.

—No. Pero los pantanos son mucho más salados desde que construyeron el Centro Comercial Golfo del Mississippi. Antes había cipreses alrededor de los pantanos. Pero el agua salada los mató. Hoy no vamos a tener mucha sombra. Por eso necesitamos sombreros.

David puso la palanca del motor en una posición superior y el barco arrancó hacia delante con más fuerza. Les llegó a la cara una fina rociada de agua. El sol había salido completamente y brillaba en un cielo azul brillante sin ninguna nube.

—Riq, trae los chalecos salvavidas. Están en ese cajón al lado.

Riq se estiró hacia el cajón, levantó el cierre y sacó tres chalecos salvavidas naranjas y azules. Se puso el suyo y les pasó los otros dos a Elena y David.

—Este tramo es recto —dijo David—. Tenemos diez o doce millas por delante donde lo único que hay que hacer es llevar el timón. ¿Quieres probar, Riq?

—Bueno —trató de que su voz sonara aburrida, probablemente para fastidiarla a ella.

Pero Elena pudo notar que Riq estaba encantado por la forma en que se sentaba detrás del timón. David le enseñó a acelerar, a reducir la velocidad y a evitar problemas, y entonces se sentó al lado de Elena de frente a la consola de mandos.

Era lo último que necesitaba: David sentado ahí, a su lado, desafiándola a resistir la atracción que no debía admitir. Debería cambiarse de sitio. ¿Pero dónde? El tamaño del barco era justo para tres, y cambiarse de lugar implicaba modificar el peso del barco y el equilibrio. Riq no podía moverse, ya que él era el que estaba aprendiendo a manejar la embarcación.

Además, ese asiento le ofrecía la mejor perspectiva de su hijo al timón. Riq estaba en la gloria. Riq no podía contenerse. Abrió la válvula de gasolina para que el motor subiera de revoluciones y el barco saliera disparado cortando el agua.

Riq recorrió la *bayou* a máxima velocidad. El aire todavía era fresco. El viento le alborotaba el pelo a Elena. Sentía el frío clavándosele en la piel como finas agujas a través de sus pantalones. Prácticamente estaban volando.

Riq parecía salvaje, encantado, casi feliz. Elena se agarró al brazo de David, debatiéndose entre dejarlo ir o querer arrimarse más a él.

David la miró.

—Es la primera vez que Riq maneja un barco —gritó Elena, y sus palabras casi se perdieron bajo el ruido del motor—. ¿No crees que...?

David negó con la cabeza y ella no añadió nada más. Él sabía más de barcos que ella, y por lo tanto confiaba en él.

Dios mío, tenía tanto frío. El viento era cortante a esa velocidad y ella no iba vestida en forma adecuada. La chaqueta contra el viento y el chaleco salvavidas no eran suficientes para abrigarla.

Se acurrucó detrás de David para parapetarse del

viento. Era sólo un poco mejor. Se sentía bastante mal e incluso un poco mareada por la velocidad.

David se arrimó, le pasó el brazo sano alrededor del cuello y le frotó los hombros. Donde fuera que la tocara, Elena sentía que el frío desaparecía derretido por el calor que de pronto le brindaba su sangre.

Su sentido común le decía que se sacara ese brazo de encima y que aguantara el frío. Dejar que David la tocara era lo mismo que estar llamando a las complicaciones. Era invitar lo que ella sabía que tenía que evitar. Por ella misma. Por Riq.

A pesar de ello era tan agradable tomar el calor del cuerpo de David, sentir cómo penetraba a través de la piel, sentir la sólida presencia de David cerca de ella.

Por lo menos Riq no estaba pendiente de ellos. Estaba demasiado ocupado con los mandos, buscando el camino a través del agua, detectando peligros, atraído por la velocidad y el viento. Sonreía radiante como un niño, no triste como un hijo de luto por su padre.

Pasaron diez minutos, y después otros diez. Elena volvió a considerar la posibilidad de alejarse de la seguridad que le proporcionaba David, pero, ¿para qué? El daño ya estaba hecho, así que, ¿para qué iba a pasar frío, además?

David se levantó repentinamente rompiendo el contacto que había entre ellos y se acercó a Riq. El viento, que volvía a clavarse en el cuerpo de Elena, la hizo tiritar.

—Reduce la velocidad —gritó David.

Riq obedeció inmediatamente. Un momento más tarde la embarcación se balanceaba tranquilamente sobre el agua.

—¡Ha sido fantástico! —gritó entusiasmado— ¿Han visto lo rápido que íbamos? Era tan...

—F-frío —dijo Elena con un castañeo de dientes.

—Venga, mamá —exclamó Riq, aunque ahora con cierto sentido del humor en la voz— ¡Despierta!

—¿Ves esa curva allá adelante? —señaló David por encima de la proa—. Hay un canal a la izquierda. Tómalo muy despacito. Ya casi hemos llegado.

Riq subió de revoluciones el motor suavemente y el barco empezó a moverse hacia delante. David fue guiándolo a través del agua hasta que llegaron al recodo.

—Déjame a mí ahora. —y Riq abandonó el asiento del capitán. Incluso con una sóla mano, David manejaba como un experto, maniobrando entre los troncos y otros obstáculos que había en el agua y las distintas profundidades. A medida que el barco se iba quedando parado, David le hizo un gesto a Riq para que bajara el ancla.

—¡Con cuidado! No asustes a los peces.

David apagó el motor e inspeccionó la zona.

—No está nada mal, ¿eh? —dijo David señalando—. Cielo azul, nadie más en el agua, no hay mosquitos...

—No se ve nada en esta agua —empezó Riq a quejarse pero inmediatamente se contuvo—. Pero si tiene peces...

Riq sacó una de sus cañas y carretes, pero David desaprobó con la cabeza y sacó una de las suyas.

—Esa caña es demasiado corta —avisó a Riq.

—Pero es mi favorita —respondió tozudamente Riq—. Siempre que la uso pica algún pez.

—Haz lo que quieras, pero yo ya te he avisado.

Continuaron discutiendo un par de minutos más sobre las beneficios de utilizar un tipo de cebo o de anzuelo, y finalmente lanzaron las cañas,

Riq lanzó una y otra vez, buscando un elusivo primer mordisco, pero David, con el brazo arqueado tras haber lanzado la caña sólo dos veces, invitó a Elena con un movimiento de cabeza.

—Es tu turno —dijo.

Ella sacudió con la cabeza.

—Venga, mujer. Estás aquí y te he comprado una licencia. Deberías pescar con nosotros también.

David se acercó a donde estaba Elena y la levantó del asiento agarrándola por el hombro. Ella dejó de temblar.

Le tomó la mano y le entregó la caña.

—Me imagino que querrás un cebo falso. El cebo natural es un poco... desagradable —David sonrió—. Yo prefiero el cebo falso. Bueno, ya estás lista para empezar.

De pie detrás de ella, David guió la mano de la mujer primero hacia atrás, después hacia adelante con una pequeña sacudida al final para que el anzuelo aterrizara suavemente en el agua. David mantuvo el brazo herido detrás de la espalda de ella, caliente y de alguna forma protegido.

—Ya está —la animó—. Ahora tienes que recoger el carrete —David puso su mano alrededor de la de ella sobre el carrete y empezó a recoger el hilo.

—Otra vez —insistió David al ver que el cebo salía del agua sin ningún mordisco.

Y otra vez, y otra vez. Elena estaba disfrutando de su cercanía más de lo que debía. Más de lo que consideraba prudente. Ese hombre le había roto el corazón, había traicionado su confianza. ¡Qué locura que le dejara acercarse tanto a ella!

De acuerdo, estaba loca. Porque estaba disfrutando de la sensualidad de los tirones que le transmitía la caña cada vez que llegaba al agua, y el cuerpo poderoso de David detrás del de ella, guiándola, dirigiéndola, atrayéndola.

—¡Eh! —gritó Riq—. Creo que algo ha mordido el anzuelo.

El carrete rodaba fuera de control, llegando hasta el final en menos de cinco segundos. El chico luchó con el pez, tratando de tirar de él, pero el hilo se rompió de tanta tensión. El carrete empezó a dar vueltas vacío mientras el hilo desaparecía en el agua.

—¿Cómo era de grande ese pez? —preguntó con cara alicaída.

David se encogió de hombros:

—En esta época del año, seis o diez libras probablemente. Lo suficiente como para romper el hilo de esa caña.

Riq miró dudoso a la otra caña de pescar que había traído:

—No es lo suficientemente fuerte, ¿eh?.

—No aquí —añadió David—. Usa una de las mías.

Riq sacó una segunda caña del armario lateral del barco y le puso el cebo al anzuelo. Luego pasó el hilo por el carrete y David sonrió.

—Ya hemos pasado la prueba de fuego. Hoy ya no se te romperá más el hilo —prometió.

Y así fue. Riq necesitó dos docenas de lanzamientos para aprender el truco de una caña más larga, pero al poco rato ya la lanzaba y recogía con soltura. Cuando notó que algo había mordido el anzuelo de nuevo, consiguió aguantar la caña firmemente y sacar el pez del agua.

Y después otro. Y otro. Al principio Elena se quedó observando cómo su hijo lanzaba y recogía la caña en el pantano. Esto de pescar tenía su lado divertido. El agua estaba increíblemente linda con los reflejos del sol. El silencio era total. Una experiencia llena de paz.

Además Elena estaba empezando a apreciar el lado práctico de pescar la cena. A lo mejor se había estado perdiendo algo todos esos años en que se había quedado perezosamente durmiendo en la cama hasta tarde mientras Luis y Riq salían a pescar. De repente se dio cuenta de que a Riq le apasionaba la pesca tanto como a su padre.

—La carrera ha empezado —le dijo David riendo cuando Riq metía en el barco el tercer pez de considerable tamaño—. Más vale que pesques algo pronto o tu hijo te va a dar una lección.

—Esto no es una competición —respondió ella.

—Sí lo es —dijeron a dúo David y Riq.

Elena negó con la cabeza:

—¡Dios mío! —se quejó alegremente. Pero esta vez lanzó la caña con un poco más de impulso e inmediatamente obtuvo respuesta al tensarse su sedal—. ¿Y ahora, qué? —preguntó.

—Con cuidado y delicadeza —contestó David colocándose detrás de ella y pasando su mano sobre la que ella tenía en el carrete. Lentamente la ayudó a recoger el sedal.

El pez coleteaba y saltaba tratando de soltarse del anzuelo, pero Elena, con el apoyo de David, lo mantuvo firme. Incluso Riq retiró su sedal y se les acercó sosteniendo la red que iba a llevar al pez del agua a la heladera.

El pez se retorcía y luchaba mientras ella recogía el carrete, pero no logró escapar. Entonces Riq lo alcanzó con la red y el pez ya era de ella.

—La suerte del principiante —dijo Riq retirándose para volver a compensar el peso del barco que estaba demasiado inclinado hacia el agua. Pero en su tono de voz había una nota de orgullo.

Pasaron unas cuantas horas más jugando al escondite con los peces. A veces anclados y otras a baja velocidad, dependiendo de la fuerza del agua. A Elena se le escaparon los dos siguientes, pero cuando decidieron descansar, Riq había llegado a su récord y Elena a más de la mitad.

Recogieron las cañas y sacaron los sandwiches y los refrescos. Tenían hambre pero lo habían estado ignorando mientras pescaban. Se pusieron a comer con buen apetito. David empezó a contar historias de pesca de cuando era más joven, grandes cuentos de cuando Luis y él habían agarrado buenas piezas, y las historias exageradas sobre los peces que se les habían escapado. Riq se lo creyó todo.

—Se está haciendo tarde —dijo David bastante después de que el sol hubiera pasado por encima de sus cabezas y hubiera empezado a descender hacia el oeste—. Ha sido un buen día, ¿no crees? Ni siquiera hemos visto un solo barco en todo este tiempo.

—Sí —dijo Riq—, ha estado bien.

"Habían estado mucho mejor que bien", pensó Elena. Era el mejor día que había pasado desde la muerte de Luis.

Gracias a David.

¿Quién le hubiera dicho que David iba a ser la respuesta a sus problemas, a sus oraciones? Desde luego, no ella, ni en un millón de años. Pero allí estaba él, pasando tiempo con su hijo, entreteniéndolo.

Sólo un poco, pero era una forma de hablar natural, una conversación cotidiana. Elena no podía recordar la última vez que Riq y ella habían sido amables el uno con el otro durante todo un día. Sólo eso era ya un gran logro.

Había hecho bien en dejar que David se acercara, en haber animado a Riq a relacionarse con él.

Pero se trataba de una relación entre David y Riq, y el único papel que ella tenía en todo eso era promover esa relación, acogerla y asegurarse de que seguía hacia delante.

No podía meterse en medio con sus propios deseos y esperanzas. Ella y David no tenían ninguna posibilidad en estos momentos. Era la viuda de Luis. Su familia nunca lo aprobaría, y además, no podía poner en peligro el proceso de recuperación de Riq sólo porque ella todavía considerara a David innegablemente atractivo.

El día de hoy había sido divertido, y estaba bastante segura de que Riq no había notado nada. Su hijo había estado demasiado ocupado pescando y tal vez, pensando en la chica del muelle. Pero no podía pasar de nuevo, ese contacto físico, esa conciencia, ese placer por la mera presencia de David. Debían portarse como hermanos. Por Riq. No importaba cuántas ganas sintiera ella de probar.

Capítulo 4

Eran casi las nueve cuando David dejó a Elena y a Riq en casa. David le había pedido a Riq que le ayudara a desenganchar y limpiar el barco, y Elena había insistido en que ellos limpiaran el pescado si era ella la que iba a freír la cena.

Cuando el coche se detuvo frente a su casa, Elena estaba agotada pero también se sentía eufórica.

—Gracias, tío —dijo Riq cuando se bajó del coche—. Ha sido fantástico.

—Sigue trabajando en la escuela un par más de semanas, y volveremos a ir. Y esta vez, sólo nosotros.

—Vete para adentro, Riq —dijo Elena tendiéndole las llaves—. Quiero hablar con David un momento.

—Voy a empezar mi tarea —dijo Riq mientras decía adiós con la mano, cruzaba la reja, entraba en el porche y desaparecía dentro de la casa.

—No, no hace falta que bajes —dijo ella, pero David la ignoró.

—Te acompañaré hasta la puerta, pero si te hace sentir mejor, dejaré el motor en marcha.

—Gracias —dijo Elena. David abrió la puerta de la reja y la escoltó mientras ella entraba—. Por todo.

Riq no había estado tan... normal en meses. Hoy he recuperado a mi hijo. Ha sido maravilloso, —continuó Elena.

—Me alegro. Riq me gusta mucho. Pienso que está... bien hacer algo para poner remedio a lo que pasó entre Luis y yo.

—Y lo has hecho. Yo sé que Luis lo puede ver, y que... él está de tu lado. Todo está perdonado.

—¿Y qué pasa contigo, Elena? —sus palabras la tomaron por sorpresa—

—¿Qué pasa conmigo?

—¿Me perdonas?

—No hay nada que... —se detuvo antes de terminar su mentira.

—Vamos Elena. No me digas que no te hice daño. Demonios, tu madre quería pegarme un tiro el día que aparecí aquí contigo.

—Nunca me dijiste porqué —dijo ella suavemente—. Cuando te dispararon, me pasé tres días sentada a tu lado en esa horrible habitación de hospital hasta que despertaste. Nunca había estado tan asustada en toda mi vida. Asustada de que nuestra vida se hubiera terminado antes de empezar. Y entonces te despertaste y... me despediste.

—Yo era joven y estúpido. Pensaba que haciendo eso te protegía.

—¿Cómo?

Pasó un rato antes de que David contestara:

—Me quedé paralizado en la escena —dijo finalmente—. Yo estaba... apuntando con la pistola lo que iba a ser un disparo seguro. Y entonces pensé en ti, y en esa milésima de segundo, me dispararon a mí antes.

—¿Me culpaste? —dijo Elena confundida y herida.

—Me culpé a mí mismo —dijo David—. Perdí la concentración, y eso me costó... Pensé... —se detuvo en busca de palabras.

—Pensaste, ¿qué? —preguntó ella.

—Que amarte tanto se había llevado mi pasión. Que me había hecho dejar de ser un buen policía. Y eso era lo único que siempre había querido ser. Empecé a pensar que los policías deberían ser como los sacerdotes. Ya sabes, sin familias que los distraigan...

—Hay una gran diferencia entre el trabajo dedicado a Dios y el de los policías.

—Eso lo sé ahora. Pero entonces no. Estuve mucho tiempo sin saberlo.

Elena pensó en aquellos días, cuando ella era tan joven y estaba tan enamorada del hombre que tenía delante. Locamente enamorada. Incluso quince años, un marido y un hijo no habían borrado completamente el recuerdo de David Moncloa.

Y ahora estaba ahí, de pie frente a ella. ¡Qué horrible historia! ¡Qué vida horrorosa a la que él mismo se había sentenciado!

"Había sido por voluntad propia", se dijo Elena a sí misma firmemente. Ella no podía hacer nada para rescatarlo. Aunque tuviera tentaciones.

—Además vi lo preocupada que habías estado, y eso... me asustó. ¿Cómo iba a poder hacer mi trabajo sabiendo que tú estabas en casa sufriendo por mí? Y entonces tú me pediste que pensara en la posibilidad de cambiar de trabajo, cuando sabías que toda la vida había querido ser policía. Eso fue lo que me convenció de que tú nunca lo entenderías. Ninguna mujer que no fuera policía podía entenderlo.

—Así que me pediste que te devolviera el anillo y te largaste.

—Sí. Y creo que es algo que puede ser perdonado.

Elena tragó saliva. También le tenía que preguntar por lo demás:

—¿Y Luis? ¿Por qué esa ruptura?

—Por ti. Ya te lo habrás imaginado.

—Luis nunca me dijo nada —se encogió de hombros Elena.

—Lo que pasó es que yo dije que si yo no podía tenerte, él tampoco debía. Era una cuestión de lealtad. Él me dijo que... bueno... Lo más suave fue que yo estaba realmente loco y que él no iba a arruinar su vida para conservar nuestra amistad.

—Siempre fue más listo que tú —sonrió abiertamente Elena por un instante antes de continuar—. Sólo que ahora está muerto. ¿No es irónico? El policía todavía está vivo, y el contable murió en el atraco de un banco.

—Elena, por favor. No era mi intención molestarte.

—No pasa nada —susurró ella—. La injusticia todavía me afecta, eso es todo. Tú probablemente ves cosas así todos los días.

Él asintió, dio un paso al frente y la cogió por los hombros.

—Elena, yo... —empezó con voz ronca.

Iba a besarla. Al darse cuenta de ello, Elena sintió un pinchazo en las entrañas, y exhaló como si le hubieran dado un puñetazo.

Se sentía mareada, liviana. David estaba inclinando su cabeza, acercándose hacia sus labios...

"Esto es algo del todo equivocado", pensaba Elena mientras cerraba los ojos y esperaba, queriendo y no queriendo. *"No puedo permitir que pase..."*

Los labios de David rozaron los de ella. Fue apenas el roce de un suspiro, tierno y ansioso. David no tenía ningún derecho a hacer eso. Ya habían tomado sus decisiones en la vida, ella no le había perdonado, Riq nunca lo entendería...

David la besó de nuevo, esta vez con más intención, y ese contacto borró del mapa todas las razones que ella había buscado para decir que no. Él la atrajo más contra sí, abrazándola fuertemente con el brazo sano, como si ella fuera una niña que pudiera tratar de escaparse. Le pasó una mano entre el pelo manteniéndola junto a él.

Las luces del porche de la madre de Elena se encendieron y la puerta se abrió. Elena oyó unos gritos de sorpresa colectiva y voces de asombro.

—¿Dónde te habías metido?

—¿Estás loca? ¿Qué tienes en la cabeza?

—No sabe lo que hace. ¿Dónde está Riq?

Elena se separó de David y giró apresuradamente para mirar a su madre y a sus dos hermanas.

—Tú no sueles espiar, mamá —dijo con rigidez.

—Ni tú nos sueles dejar plantadas —contestó su hermana pequeña, Marisa—. Hoy era el día de hacer los tamales, quince docenas, ¿te acuerdas? Para la celebración del Día de los Muertos la semana que viene —continuó refiriéndose a la conocida celebración mejicana. —Tenemos a papi para recordar, y este año también a Luis, y tú querías hacer unos cuantos más para la caseta de comida de la feria de tu escuela.

—¡Y no has aparecido en todo el día! Ni has llamado, ni has dejado una nota. Tampoco había señales de Riq. Y ahora te encontramos en el porche besándote con, ¡oh, Dios mío! ¡David Moncloa! —dijo la hermana mediana, Linda, al reconocer a David llevándose una mano a la boca.

—¡Oh, no! —suspiró Elena—. Lo siento mucho. Pensaba que mañana era el día de los tamales. David ha llevado a Riq de pesca. Riq está mucho mejor...

—¿Pero de qué estás hablando? —le preguntó Linda.

Su madre se limitaba a mirar con cara de desaprobación.

Elena suspiró:

—David, lo siento, pero tienes que irte —dijo con convicción empujándolo hacia las escaleras.

—No hemos terminado —dijo David ofreciendo resistencia con el cuerpo.

—Sí por esta noche —Elena intentó tomarlo del brazo herido, pero él se retiró a un lado antes de que ella pudiera arrastrarlo escaleras abajo por ese brazo.

—Estás jugando sucio —dijo él suavemente.

—Por favor, David. Vete.

—Buenas noches, Elena. Te llamo más tarde —le puso el dedo índice en la barbilla y se la levantó para que ella pudiera ver la determinación de su mirada.

—Doña Silvia, Linda, Marisa —dijo como reconocimiento a la presencia de las mujeres mientras pasaba por delante y bajaba las escaleras, siempre con la cabeza alta.

Las luces traseras de su coche se veían ya a lo lejos antes de que nadie hubiera vuelto a hablar.

—No lo puedo creer.

—No nos habías dicho nada.

—Mamá, ¿tú lo sabías?

—¿Qué es lo que has dicho de Riq?

—Entren —dijo Elena sintiéndose incómoda. Abrió la puerta de su casa e hizo entrar a su familia.

Tenía que afrontar la situación, y cuanto antes, mejor. Sin embargo, no le parecía nada agradable.

Podía sentir la tensión y la desaprobación detrás de ella, y también podía adelantarse a lo que le iban a preguntar.

¿Por qué había permitido que David la besara?

Le hubiera gustado negarlo, pero ellas habían visto con sus propios ojos exactamente lo mismo que Elena había sentido con los labios. El beso de David le había parecido maravilloso, y muy, muy complicado. Elena no sabía si ni ella misma lo entendía, ¡cómo para explicárselo a sus hermanas!

¿Y por qué tenía que hacerlo? Tenía treinta y cuatro años. Ya no le debía ninguna explicación a su familia.

Pero sí que se la debía. De hecho, se lo debía todo. Que hubieran estado a su lado cuando Luis murió, que la ayudaran a trasladarse de nuevo a casa, todo el consejo y orientación que hizo que consiguiera el trabajo en Santa Cecilia. Ellas la querían y ella las quería a ellas.

El precio de ese amor era que se entrometieran en su vida o le dieran de vez en cuando consejos no solicitados.

Enderezando la espalda Elena se encaminó hacia la cocina, donde su familia se reunía siempre para este tipo de acontecimientos. Se puso a preparar café mientras sus hermanas y su madre iban arriba para decir hola a Riq.

Las dejó ir contenta de contar con unos minutos para poner en orden sus pensamientos. Querían a Riq casi tanto como ella, y cuando hablaran con él, se darían cuenta de lo que David estaba haciendo por él. Tenían que darse cuenta.

Elena estaba sirviendo el café cuando su familia entró en la cocina.

—¿Qué tal está Riq? —preguntó con naturalidad a la vez que repartía tazas y cucharas.

—Ha hablado —dijo Linda.

—Y la computadora está encendida —observó Marisa—. Y los libros de la escuela están encima de la mesa.

"*¿Lo ven?*", le hubiera gustado decir a Elena, pero simplemente asintió. Tenía que mantener la calma. Se trataba de sus decisiones, y no importaba lo que su familia pudiera pensar, pero si se disgustaba o se ponía demasiado a la defensiva, su familia la acorralaría como a un perro con un hueso.

Se acercó a la gran mesa de madera de la cocina con el juego de café. Era una mesa de baldosas de cerámica incrustadas de todos los colores. La cornisa también estaba decorada con platos de los mismos brillantes colores, y una ristra de pimientos secos y un manojo de hierbas alegraban las paredes. Elena echó un vistazo alrededor y se sintió a gusto en ese espacio cálido y acogedor.

—Siento lo de hoy —empezó—. David vino a recoger a Riq muy temprano, yo estaba medio despierta, David se había lastimado un brazo y necesitaba ayuda, así que fui con ellos. Un par más de brazos. No queríamos defraudar a Riq.

—¿No queríamos? —remarcó Linda.

—Muy bien. Empieza desde el principio —fueron las instrucciones de Marisa—. Desde el primer día que lo volviste a ver.

—Exacto —añadió Linda—. Tenemos que hacernos una idea de lo loca que estás antes de que podamos ayudarte.

Elena les contó lo que habiá sucedido en las dos últimas semanas.

—Oh, Elena —dijo Marisa con voz quejosa—
¡Qué desastre!

—De toda la gente del mundo —dijo Linda—,
David y Riq.

—David y Elena —su madre habló por primera
vez—. Esa es la cuestión.

—No, mamá. David y Elena y Riq es la cuestión.
¿Lo sabe la madre de Luis?

—Por el amor de Dios. Han sido sólo un par de
semanas —protestó Elena.

—Han sido quince años y un par de semanas —
dijo Marisa rechazando ese argumento—. David
nunca dejó de quererte, y eso es lo que causó la
pelea entre él y Luis.

—Espera un momento... —Elena no podía creer
que Marisa hubiera sacado eso a relucir cuando ella
misma se acababa de dar cuenta de que...

—Y ahora ha vuelto. Pero David no es bueno para
ti —terminó Marisa—. Todavía extrañas a Luis, y se-
amos realistas, David es atractivo y sexy, incluso en-
cantador a veces. Es demasiado fácil caer de nuevo
en algo que te hizo feliz una vez, y después desgraciada durante meses.

—Piensa en Riq —dijo Linda.

—¡Eso es exactamente en lo que estoy pensando!

—Me refiero... ¿cómo se va a sentir si ve que su
amigo, su tío, se lía con su madre?

—¿Crees que no he pensado en eso? —exclamó
Elena.

—Bueno, pues piénsalo de nuevo —dijo Linda
con firmeza.

—Podemos entender porqué le has permitido volver —dijo Marisa más suavemente—. Y tal vez Riq le
necesite ahora, pero esto es la vida real, no es una

novela rosa. No puedes volver con David. Hay demasiada historia detrás.

—Hay demasiado ahora —la regañó su madre—.
Hemos visto ese beso, mi hija.

—Yo no lo pedí —contestó ella. Pero le había gustado. El recuerdo de la boca de David contra la suya,
caliente y exigente, hizo que las mejillas se le tiñe-
ran de rojo.

Linda habló con seguridad:

—Lo que está hecho, hecho está. No puedes
hacer desaparecer ese beso, pero puedes asegurarte
que no vuelva a pasar. La palabra es "no".

—No pasa nada si te sientes lista para empezar a
tener citas de nuevo —le dijo Marisa tratando de
ayudar—. De hecho, yo conozco un montón de
hombres encantadores a los que les encantaría
salir.

—Jugadores de fútbol —murmuró Elena.

—Jugadores de fútbol ricos —la corrigió Marisa—.
¿Qué quieres que le haga si tengo un trabajo glamo-
roso en el mundo de la publicidad de los deportes y
conozco a todo el mundo? Dilo y puedes salir cada
noche si tú quieres.

—Pero no con una vieja historia que ya te rompió
el corazón una vez —Linda terminó de decir lo que
Marisa estaba pensando.

—A quien tu marido ni siquiera le dirigiría la palabra.

Las tres mujeres miraban a Elena esperando que les
diera su palabra. Pero Elena no pudo encontrar las
palabras adecuadas. No porque las palabras no fueran
ciertas, o porque ella no quisiera, sino porque...

Por David. Porque ellos no habían terminado todavía. Porque ese beso le había encantado, y tenía

que aclararse respecto a eso antes de que pudiera hacer ninguna promesa a su familia. O a sí misma.

—¿Me han dejado todos los tamales por hacer? —preguntó.

—No cambies de tema —dijeron sus hermanas a dúo.

Elena levantó las manos para frenar a sus hermanas:

—No puedo prometer nada por el momento.

—Deberías —dijo Marisa con franqueza—. Estás tomando un camino peligroso. Todas hemos visto cómo te miraba David esta noche. Debes ser fuerte y decir "no" ahora.

—¿Cuántos tamales me han dejado para hacer? —repitió.

—Elena, no estamos hablando de eso —dijo Linda impacientemente—. Atiéndenos. Estamos hablando sobre David y sobre cómo tú te fuiste con él sin decirle nada a nadie, y de lo preocupadas que estamos porque estás haciendo locuras. Lo estabas besando en el porche. Enfrente de Dios y de nosotras. Es un error. Y es... desleal.

—¡Ya está bien de David! —gritó Elena perdiendo la paciencia—. No quiero oír una palabra más sobre él.

—Muy bien —se apresuró Marisa—. Pero no vengas corriendo a buscarme cuando te vuelva a romper el corazón.

—Ni a mí —Linda se levantó y miró a su madre—. Me tengo que ir, mamá. Tengo que madrugar mañana.

—Yo también. El partido empieza a mediodía. Tengo que llegar al Superdome a las nueve para asegurarme que todo está en orden.

—Adiós, Elena —dijeron fríamente dejando las

tazas encima de la mesa y saltándose el ritual de los abrazos y besos en las dos mejillas.

Elena las acompañó hasta la puerta y la cerró detrás de ellas.

"Bueno, deja que se enfaden", pensó desafiante. *"Ellas no son las madres de Riq."*

Pero no era por Riq por lo que estaban preocupadas. Era por el beso, el beso de David.

Debería haberle dicho que no. En vez de eso le había dejado que la besara y lo había disfrutado. Y ahora, no era siquiera capaz de decirle a su familia lo que quería oír. Lo que debería decir si tuviera un poco de sentido común: *"No más."*

Ya no se trataba solamente de Riq. David estaba interesado en ella de nuevo, y ella debería haberle dicho, concisa y claramente, que eso era imposible.

Entonces, ¿por qué no le había prometido a su familia y a ella misma hacer justamente eso? Tenía que hacerlo. Lo había sabido desde el día en que David había reaparecido en su vida.

"Llámalo ahora."

Descolgó el teléfono, marcó los tres primeros números y devolvió el auricular a su sitio. El teléfono no era lo más adecuado. Tenía que decírselo en persona.

Sería lo primero que haría al día siguiente. Enviaría a Riq a la casa de al lado y se enfrentaría a David. Sería fuerte y decidida. Le diría que le agradecía mucho lo que estaba haciendo por Riq, pero que no podía besarla otra vez. No era bueno para Riq, y tampoco lo era para ella. Sería su amiga, y eso era todo.

Y después de hacer eso, llamaría a sus hermanas y exigiría que la ayudaran con las quince docenas de tamales.

* * *

Riq terminó de escribir el mensaje electrónico para Berta y lo leyó de nuevo:

"BertaB: Hoy he superado mi récord. Me hubiera gustado que hubieras estado allí cuando regresamos, porque no te creerías lo grande que era uno de los peces, quince libras. Todo lo que queda de él ahora es espinas.

Espero que podamos charlar de nuevo. Riq."

Se preguntó si estaba bien así. No quería parecer demasiado desesperado o ansioso. Suave. Pero en realidad se sentía ansioso. Tenía esa sensación de cosquillas en el estómago, y no creía que fuera por el pescado que había cenado. Era algo más y no sabía qué hacer.

¡Caramba! ¡Vaya día! El barco, la pesca, David y Berta, las historias... incluso estar con su madre había sido agradable. No sabía pescar en absoluto, pero tampoco había preguntado nada sobre Berta. A lo mejor no se había dado cuenta de lo guapa que era.

Su padre se hubiera dado cuenta. Y podría explicarle porqué Berta era tan atractiva y agradable que hacía que él no pudiera dejar de pensar en ella, o porqué había estado tan ansioso de llegar a casa y conectarse con la computadora, cuando nunca antes lo había hecho. Pero esta noche tenía que hacerlo. Quería que ella encontrara un mensaje de él cuando regresara de casa de su padre mañana.

Sí, su padre le hubiera podido explicar todo, pero su padre no estaba.

Y su madre y sus tías no tenían idea de las cosas de los chicos. Pero David sí. No era lo mismo que su padre, pero se enteraba de algunas cosas. Tal vez él pudiera explicarle algo sobre ese tipo de sentimientos extraños que tenía últimamente.

Leyó una vez más el mensaje para Berta y lo envió. Con una serie de zumbidos la computadora se conectó al ciberespacio y lanzó el mensaje.

Luego Riq le envió otro mensaje a David. Un par de líneas sobre el día. Una especie de agradecimiento corto, algo que su madre aprobaría para variar. Y otro mensaje para un amigo en Colorado, quien lo reenviaría al resto de la banda.

Entró en un par de sus páginas Web favoritas. ¡Habían cambiado muchísimo! Llevaba mucho más tiempo del que él creía sin entrar en la Web.

Estaba a punto de apagar cuando siguiendo un impulso pulsó la tecla "recibir correo". Era absurdo, lo sabía. Nadie podía haber contestado tan rápido.

Pero alguien lo había hecho. Era David, con una idea que a Riq le gustó. Le respondió solamente con un "Chévere" y le envió el mensaje; luego apagó la computadora y se puso a estudiar.

Elena se dio vuelta en la cama y miró la hora en el despertador con un ojo medio abierto. Las siete y cuarto. Giró de nuevo acomodándose el edredón para dormir una media hora más.

Abajo, justo debajo de su dormitorio, se oía el ruido de cazuelas y sartenes. Elena gimió.

¿Qué demonios estaba haciendo Riq en la cocina? Si tenía hambre ya sabía cómo usar el microondas.

Metió la cabeza debajo de la almohada para amortiguar el ruido. No quería levantarse todavía.

—¡Mamá! —era la voz de Riq que llamaba a la puerta de su dormitorio.

Su voz causó el efecto que no había logrado el ruido de la cocina. Elena se incorporó en la cama completamente despierta.

—Pasa.

Riq empujó la puerta y la abrió con la mano izquierda. En la derecha llevaba una bandeja con huevos y una taza de algo que desprendía vapor. Elena olfateó sorprendida. Era chocolate caliente.

Miró a su hijo, incrédula. Huevos y chocolate, la combinación favorita de su padre.

Elena no había preparado chocolate mejicano desde que Luis murió. Aquel día Riq tuvo un ataque de nervios, lanzó la taza contra la pared y la rompió salpicando de chocolate toda la cocina.

Pero ahora había chocolate en la bandeja, caliente y espumoso. Dos tazas.

—El desayuno —dijo.

—¿Tú has hecho esto? —Elena estaba sorprendida, y lo miraba boquiabierta.

No era posible que David hubiera conseguido semejante cambio en tan sólo un día de pesca...

—Fue idea de David.

Bueno, eso era creíble.

—Pero ¿lo has hecho tú?

Riq se encogió de hombros:

—La mayoría.

Le puso la bandeja sobre el regazo, tomando una de las tazas para él. Se sentó en el borde de la cama.

—No lo puedo creer... Riq, esto es maravilloso —Elena quería agarrarlo y abrazarlo. Se sentía enormemente conmovida. Se quedó mirándolo con los ojos sospechosamente brillantes.

—Vamos, mamá. No te pongas toda sentimentaloide.

—Soy tu madre —dijo parpadeando rápidamente—, y tengo derecho.

—Come.

Los huevos estaban deliciosos, con abundante queso y salsa. Riq tomó un sorbo de su taza, y Elena tomó la suya y también probó un sorbo.

—Está muy bueno.

—Lo único que he hecho ha sido seguir las instrucciones.

—Nunca pensé que volverías a beberlo.

Riq se encogió de hombros:

—Hoy sí.

Tal vez, todo se iba a arreglar. Elena miró a Riq por encima del borde de su taza, maravillada de lo mucho que lo quería a pesar del dolor que le había causado a todos los que lo rodeaban. Sentía que le iba a explotar el corazón. Lleno de tristeza, sí, pero también de una tentativa de gozo. Esperanza de que las cosas se iban a arreglar. De que Riq volvería a ser su hijo como antes.

Impulsivamente le tomó la mano y la apretó. Medio segundo, no más, para que Riq no se sintiera incómodo y saliera disparado.

—Me alegro de que me lo hayas dicho. A mí siempre me gustó también. Lo pondré de nuevo en el menú.

Elena terminó de comerse los huevos y apartó la bandeja a un lado. Tomó la taza con las dos manos y bebió otro sorbo del caliente y amargo líquido, saboreándolo un momento.

—¿Qué vas a hacer hoy? —preguntó finalmente Riq.

—El festival de Santa Cecilia se acerca, y tengo que revisar los preparativos —empezó Elena—. Ayer se me olvidó que tenía que ayudar a Marisa y a Linda a preparar tamales para el Día de los Muertos.

—Me lo contaron.

¿Era burla lo que notaba en la voz de Riq?

—Hay mucho trabajo. ¿Quieres ayudar? Al fin y al cabo, la razón de que no los hiciera fue que tú pudieras ir a pescar.

—Pff... —dijo mientras se movía inquieto en la cama—. Si tengo que hacerlo... Bueno.

—Estupendo. Los haremos por la tarde. Tengo que ir a la tienda primero.

Antes, tenía que hablar con David. La emoción de haber conversado normalmente con Riq no podía hacerla olvidarse de eso.

—¿Y tú que tal? —preguntó—. ¿Tienes la tarea terminada?

Riq asintió:

—Tal vez vaya a dar un paseo en bicicleta.

—No más allá del barrio —le avisó su madre, y tan pronto como las palabras salieron de su boca, hubiera deseado tragárselas.

Riq puso los ojos en blanco mirando hacia arriba y levantando las cejas, y Elena se dio cuenta de que la tregua del desayuno acababa de terminar. Un día de estos tenía que aprender cuándo quedarse callada, pero para entonces probablemente Riq sería ya un adulto. *"Maldita sea, de todas maneras."* ¿Cómo podía ser que pudiera arreglárselas tan bien con cuatrocientos niños y no con su propio hijo?

Se estiró para alcanzar la bata que estaba a los pies de la cama, y se la puso sobre el camisón de algodón.

Salió de la cama y trató de salvar la frágil paz entre ellos:

—Gracias, Riq. Ha sido... —recordó que no debía ponerse demasiado sentimental—. Bueno, puedes hacer el desayuno siempre que quieras.

Riq se fue antes de que ella pudiera decir una sola palabra más, apresurándose en llegar al piso de abajo. Elena se quedó mirando como desaparecía con el corazón desbordado. Después sacó unas cuantas prendas del gancho lateral de su armario y se metió en el lavabo.

Diez minutos más tarde bajaba las escaleras trotando, con un aspecto impecable en una túnica de punto, pantalones y zapatos planos. Fue a la cocina a dejar la bandeja que Riq había dejado encima de la cama. Allí encontró a Riq lavando las ollas y sartenes. Y a David secándolos.

Casi se le cae la bandeja de las manos.

—¿Qué estás haciendo aquí? —le preguntó.

—Buenos días para ti también, Elena —contestó él.

Dejó la bandeja sobre la mesa de la cocina con un ligero golpe seco.

¿Acaso no era propio de David aparecer cuando menos se lo esperaba? Esa era la razón por la que Riq le había traído el desayuno. Ahora se daba cuenta.

Él lo había ayudado porque Riq no estaba listo todavía para tomar la iniciativa.

Estaba agradecida, por supuesto que lo estaba. La próxima vez podía ocurrírsele a Riq solo. Podría ser capaz de hacerlo independientemente.

Pero David no debería estar paseándose por su casa de esta manera. No a las ocho y cuarto de un domingo por la mañana, como si tuviera derechos adquiridos en su casa. O sobre ella.

"Y eso es exactamente lo que tienes que decirle."

David se acercó, recogió la bandeja y se dirigió de nuevo al fregadero. Dándole la espalda, dijo:

—No hemos terminado nuestra conversación de

ayer por la noche. Pensé que podríamos hacerlo cuando Riq y yo terminemos con esto.

Elena se les acercó y le quitó la esponja a Riq:

—Ya lo termino yo —le dijo tan cariñosamente como pudo—. Ve a ver si Nani necesita algo.

—Lo que quieren es hablar de mí —una nota de antipatía se le coló en el tono de voz.

Aún no estaba totalmente curado, pensó Elena irónicamente. Todavía podía soltarlas al vuelo con todo su sarcasmo.

—Tal vez un poquito. Pero en general son cosas de mayores.

—Muy aburrido —añadió David—. Cuando hayamos terminado, te paso a buscar. Podrías enseñarme esa página Web de la que me has hablado.

—Está bien, está bien —la voz de Riq sonó ligeramente apaciguada y salió por la puerta de atrás hacia el garaje. Elena lo obervó mientras sacaba la bicicleta y la montaba de bajada por la rampa hasta la calle. Sintió el deseo de gritarle *"Ten cuidado"* y unos cuantos consejos maternales más, sabiendo perfectamente que era inútil.

Se dio la vuelta hacia el fregadero y la pila de platos sucios, pero antes de que pudiera empezar a lavarlos, David le quitó la esponja de la mano, cerró el grifo y la tomó entre sus brazos.

—Veamos, ¿por dónde nos quedamos anoche cuando fuimos tan irrespetuosamente interrumpidos? —dijo riéndose entre dientes mientras inclinaba la cabeza hacia ella.

—No —dijo Elena sin aliento retirando la cara—. No, David. Tenemos que hablar de esto.

—Deja las palabras. Vamos a los hechos.

Sus labios le acariciaron la mejilla y su cuerpo le

irradiaba calor. La piel de Elena se rindió en las manos de David a través de la fina túnica de algodón. David le acarició la barbilla con un dedo y le giró la cara de nuevo hacia él. Y la besó de nuevo.

El beso era caliente, dulce, intenso. Elena quería separar a David, intentó separarse de él, pero David lo ignoró. La mantuvo sujeta fuertemente, y a pesar de sus intenciones, Elena empezó a sentir que las caricias de David empezaban a surtir un efecto mágico una vez más.

Era de nuevo todo lo que había sentido la noche de antes y aún más, y poco a poco empezó a relajarse en sus brazos, inundada de sensaciones que no había sentido en mucho tiempo: deseo, necesidad, ansia exquisita. Una parte de ella que creía había muerto resucitó de repente, y estaba disfrutando enormemente con el hombre que la mantenía sujeta.

David le sostuvo la cabeza firmemente y la besó de nuevo. Una y otra vez. Y todavía un poco más, buscando los recodos y las curvas del cuerpo de ella contra el suyo, delgado y fuerte.

Era una locura. Eso era lo que ella tenía que decirle. Era un tremendo error.

Pero la hacía sentir tan bien, era tan maravilloso.

Alcanzó el escote de la camisa de él, sus dedos se acordaron del chico de veinte años. El tiempo había sido clemente con David. Debajo de la ropa era todavía una masa de músculos y huesos, cubierto por una gloriosa capa de tersa piel color oliva.

Elena le pasó el dedo por la mandíbula. No había ninguna sombra de barba esa mañana. La piel de su cara estaba suavísima y olía a verbena. David gimió y separó los labios invitándola a adentrarse en el beso.

Sin pensar, porque se encontraba muy lejos de hacer algo así, Elena se rindió.

David probó la boca de Elena, sedienta y ansiosa, encontrando insinuaciones en todas las cosas que su lengua podía hacer en otras parte de ella. Ella sentía la sangre bombeando en la cabeza, aislándola de todas las cosas excepto de David, de su presencia abrumadoramente sólida, de su innegable deseo.

El tiempo disminuyó su prisa, o tal vez se aceleró justo en ese momento dejándola con una sensación de dolor y placer que suplicaba más. Y cualquier parte de su cerebro que no estuviera ya en fuego gritaba: *"No, no, no"*.

Tenía que detenerlo, ¿pero cómo? ¿Cómo podía separarse de él? ¿Cómo iba a detener esas manos que acariciaban su espalda y cintura, apretando, envolviéndola? ¿Cómo le iba a decir *"no más"*, cuando lo que quería era más, más, más?

Con un jadeo y una fuerte sacudida de cabeza rompió el beso. Rápidamente, de manera que no tuviera tiempo para pensar en ello.

Atrapó una bocanada de aire a pesar de que David la tenía todavía abrazada tan fuerte que sus pulmones apenas podían expandirse. Notó que el aire le despejaba la mente.

Empujando hacia atrás salió del círculo de locura que había alrededor de ellos, y respiró profundamente, dos, tres veces. Cada pliegue, curva de su cuerpo vibraba de deseo no satisfecho.

Estaba loca.

Era una locura.

—¿Lo ves, Elena? —salió una voz ronca de la boca de David.

—Lo veo —respondió insegura—, que estás haciendo cosas magníficas con Riq. Y te estaré agradecida el resto de mi vida. Pero eso es... todo... lo que quiero.

—Mentirosa.

Se puso detrás de ella y le puso las manos en la espalda empujándola hacia el comedor enfrentándola al gran espejo que había sobre el buffet.

—Mírate —le ordenó desde atrás—. Mírame. Dime que no nos queremos el uno al otro.

Elena tenía los labios hinchados y la cara roja. David tenía los ojos extraordinariamente brillantes. El corazón de ella latía salvajemente, y podía sentir los latidos del de David a su espalda. Se quedó mirando al reflejo de sus imágenes un largo instante, sin poder apenas reconocer a la mujer que estaba mirando su propia cara.

Cerró los ojos y salió del alcance del espejo, del de David.

—No podemos volver atrás —dijo finalmente abriendo los ojos—. No somos nosotros los únicos que estamos en juego. También está Riq, y hay muchas cosas que pueden estropearse. Ha sufrido mucho, y no puedo arriesgarme a que tú y yo le hagamos más daño...

—Elena, me gusta el chico. No quiero hacerle daño. Pero para mí, ustedes dos vienen en el mismo paquete. No voy a seguir viendo a Riq si no puedo verte a ti también.

—¿A qué te refieres?

—No puedo ver a Riq y tratar de ignorarte a ti. Los quiero a los dos.

—No es... posible.

—Es la única solución. Si no puedes aceptarlo, tendré que dejar de ver a Riq.

—¡No! —gritó—. Mira todo el bien que le has hecho ya. Por nosotros. Por... Luis. No lo harás.

—Lo siento, Elena. Pero las cosas son así. Riq y tú o ninguno de los dos.

—Eso es chantaje.

—Es negociación.

—Está fuera de toda posibilidad —dijo firmemente.

—Entonces me voy. Dile a Riq lo que se te ocurra.

Elena se quedó mirando a un David que le daba la espalda para irse. No podía irse, no lo haría. ¿Sería capaz?

David abrió la puerta de la calle y salió. Empezó a cerrar la puerta detrás de él.

Había rechazado a Riq por culpa de ella. Esa idea fue como un pinchazo en el corazón.

"No", comprendió un segundo más tarde. No era por su culpa. Era por ella. Por los dos. Había dicho que quería el paquete completo.

No podía dejarle marchar. Riq sólo estaba empezando a volver a ser quien era, a vivir de nuevo. No podría soportar que lo abandonaran tan rápido.

Dios mío, ¿qué podía hacer? David estaba ya en el porche, bajando las escaleras en dirección a la verja.

Riq era su hijo. Era todo para ella. Y David era el único que había logrado llegar a él en casi un año. No podía dejar que eso desapareciera, y no le importaba lo que tuviera que arriesgar.

—¡David! —gritó corriendo tras él. Tiró de la puerta y bajó corriendo hasta donde estaba él—. David —dijo de nuevo sin aliento.

David salió del coche.

—El paquete completo —dijo con la esperanza de no estar cometiendo el error de su vida. Su familia pensaría eso. Pero ella tenía una obligación mayor con Riq.

Y con ella misma. Su familia.

—Pero —continuó—, tenemos que ser... discretos. No quiero que Riq lo sepa. Quiero que estemos seguros nosotros antes de decirle nada. Tú eres su amigo, y yo no puedo ser una competidora para él.

—Tendremos que decírselo tarde o temprano.

—Pero no ahora. Todo esto es muy nuevo para los dos, para Riq y para mí. Nunca me ha visto con ningún otro hombre, aparte de su padre. No he tenido ninguna... cita desde Luis. Necesitamos tiempo. Yo necesito tiempo.

—Tiempo.

Ella asintió:

—Y discreción. Delante de Riq y en público vamos a ser sólo amigos. Nada de toqueteos, ni insinuaciones o miradas tórridas.

—Pero en privado, eres mía. —No era una pregunta.

Elena asintió de nuevo.

—Se va a dar cuenta y tú lo sabes. Es un chico listo.

—Ya lo sé, pero mi obligación es protegerlo. No está preparado para esto todavía.

"Yo tampoco estoy preparada para esto todavía", pensó Elena. *"Pero es lo que quiere David."*

Y si su reacción al beso era una indicación, por lo menos una parte de ella, también quería.

Y por tanto también podía empezar ahora.

—¿Qué haces esta tarde? —le preguntó.

—Darle un vistazo a unas páginas Web con Riq.

—Tenemos que hacer un montón de tamales para la próxima semana. ¿Quieres echar una mano?

David sonrió.

—Claro. Y cuando estén todos hechos, hasta te ayudaré a limpiar.

"Oh, no", pensó Elena poniéndose colorada ante semejante sugerencia. No estaba lista para esto en absoluto.

Capítulo 5

Había un gran bullicio en el cementerio. En New Orleans, era costumbre que la gente limpiara y ornamentara los mausoleos de la familia el Día de Todos los Santos. Cargaban palas y rastrillos, sacaban bolsas enteras de escombros, y plantaban pensamientos y otras flores a lo largo de los bordes de las tumbas, o depositaban vasijas con flores cortadas.

Elena respiró profundamente, todavía con cierta aprensión. Había vivido en Denver los últimos diez años, desde que su padre murió, por lo que no había tomado parte en este ritual familiar, y no sabía muy bien qué esperar.

No mejoraba la situación el hecho de que sus hermanas, una semana después del día que la sorprendieron con David, todavía prácticamente no le hablaran.

Y además estaba Luis. ¿Cómo iba a reaccionar Riq cuando se dirigieran hacia la tumba de su padre? El abuelo era una memoria lejana, pero él todavía estaba de luto por su padre.

—Vamos todos —llamó la madre a sus hijas y su nieto. Llevaban las herramientas de jardinería y flores, y caminaron desde la entrada por la reja que bordeaba el cementerio. Medio bloque más allá, llegaron a la cripta de mármol con el nombre Chávez.

Riq se quedó retrasado. No quería venir en absoluto, pero Marisa lo había empujado hasta meterlo en el coche con una fuerza increíble:

—Todo el mundo en la familia va —le había dicho sin dejarle escapatoria.

Ahora Marisa le pasó a Riq un rastrillo, pero éste lo dejó caer al suelo. La expresión de su cara decía claramente que no pensaba ser él quien apilara las hojas y maleza.

Elena se mordió el labio ignorándolo a él y a la mirada asesina de Marisa. Riq empezó a caminar en dirección contraria a donde estaban las mujeres, mirando el azul cielo de noviembre. Ni siquiera quiso verlas trabajar, y ni por asomo se sentía avergonzado por no ayudar.

Elena se puso los guantes de trabajo y se arrodilló al lado de la cripta de cuatro pies de alto para humedecer la tierra donde iba a plantar las flores. Marisa por su parte se dedicaba a arrancar las malas hierbas que crecían entre las grietas de los pasillos, y Linda usaba el rastrillo que había recogido del suelo.

La gente iba y venía por todos los pasillos del cementerio. Se paraban a saludar en esa locura de dialectos mezclados de New Orleans. Doña Silvia rondaba por ahí también, envuelta en su cárdigan de algodón negro, dejando el trabajo físico para sus hijas. Todo el mundo admiraba las flores y plantas de los demás, y charlaban para ponerse al día de las novedades de las familias que se veían una vez al año cuando arreglaban las tumbas. Todo el mundo menos Riq.

Elena le dio los últimos retoques al espacio que había cavado para los pensamientos de color violeta brillante, y mezcló un poco de fertilizante con turba. Puso las plantas en los hoyos, las cubrió con tierra y las regó con agua que había traído en una botella plástica de leche.

—Vamos, Riq —dijo suavemente, poniéndose de pie y caminando hacia él—. Marisa y Linda pueden terminar aquí.

—No.

—Necesito que me ayudes. Tu padre...

—Eso no es mi padre —dijo amargamente señalando en dirección al extremo del cementerio donde descansaban los restos de Luis.

—Lo fue, le debes respeto. —Elena le pasó un brazo alrededor y lo abrazó, pero él la rechazó y salió con paso airado hacia la zona de estacionamiento.

—¡Riq! —lloró Elena en voz baja y después desistió. No tenía sentido alterar la paz del cementerio con una discusión que iba en camino de perder. Recogió los utensilios y una bandeja de flores y empezó a bajar por el camino, apenada.

"Todavía era demasiado para él", pensó Elena, pero ¡por Dios! Tenía que hacerse a la idea de la muerte de Luis. No podía seguir haciéndoselo pagar a ella, porque si continuaba haciéndolo, al final ella iba a perder los estribos.

De hecho los estaba perdiendo ahora. Sacó un pañuelo del bolsillo y se secó los ojos. Ya había llorado por Luis hacía muchos meses. Eran lágrimas por Riq y por ella. Habían mejorado mucho, pero hoy todo estaba volviendo atrás...

"Tienes que ayudarme", suplió en silencio caminando hacia la placa de mármol con el nombre *"Santiago"*.

Debido a que la napa de agua era muy alta en

New Orleans, los sepultos debían hacerse sobre la superficie, en las tumbas familiares. De lo contrario los cuerpos acabarían flotando en la superficie. Los Santiago llevaba tres generaciones en New Orleans, y Luis había sido enterrado en el mismo lugar que su padre y su abuelo. Era reconfortante esa continuidad, ese sentido de familia.

Pero no para un adolescente sin padre.

Elena se quedó de pie un rato largo, pensando, acordándose de Luis. Había sido un buen marido, y aun mejor padre, orgulloso y a veces un poco dominante. Sonrió mientras recordaba, tragando saliva. Si estuviera vivo, a estas alturas Riq y él hubieran chocado con sus diferencias, más de una vez.

En vez de eso, le tocaba a ella todo. Y Riq no había dejado pasar ni una sóla oportunidad para reprocharle cada una de sus acciones.

"Riq debería estar aquí", pensó Elena desafiante. Marisa tenía razón. Es un ritual familiar muy lindo, de amor y bondad. Pero Riq tenía ideas distintas y se aseguraba de que de todo el mundo lo supiera.

Además estaba David.

Los dedos de Elena repasaron el nombre de Luis. Parte de ella quería a David, y lo quería para ella así como por todas las cosas que había hecho por Riq. Pero otra parte de su ser sentía una fuerte punzada de deslealtad ante ese deseo. Especialmente en ese lugar.

—Dame una señal —suspiró por debajo de su respiración. Se puso a limpiar la tumba de Luis. El trabajo hizo que mantuviera las manos ocupadas, pero su mente continuaba divagando con imágenes de Riq...y David.

—¿Cómo estás, Elena?

Una voz familiar le llegó junto con una mano en el hombro. Elena se sobresaltó. ¿De dónde había salido David? ¿Qué hacía ahí?

—Voy de camino al trabajo —dijo él alegremente—. He parado sólo un momento para ver a mi madre y mis hermanas.

"Claro", se acordó Elena de repente. *"Su padre también está enterrado ahí."* Elena lo miró, vestido con una chaqueta sport y unos pantalones caquis. Tenía buen aspecto, más que bueno, con el reflejo del sol de la mañana cayéndole sobre los hombros entre todo el mármol blanco.

Elena se puso de pie y se dio vuelta para mirarlo. Sin retirar la mano del hombro, David le quitó con la otra mano un resto de tierra que tenía en la mejilla, y a continuación se inclinó para besarla suavemente en el mismo lugar. Todo junto no duró más de cinco segundos y pareció algo totalmente inocente. Pero a Elena un escalofrío le recorrió la espalda.

David llevaba una vasija de metal con un ramillete de flores de otoño:

—He comprado esto. Pensé que si Riq estaba por aquí... ¿Dónde está?

—Con mis hermanas —contestó ella—. No quiere venir aquí.

David negó con la cabeza:

—¿Quieres que hable con él?

Elena se encogió de hombros:

—Está muy enfadado. Lo hemos obligado a venir y...

—Ahora vuelvo —dijo David.

Encontró al chico dos pasillos más allá de la tumba de los Chávez, apoyado contra una gran cruz de cemento, con los ojos casi cerrados por el sol que le brillaba en la cara. David caminó hacia él, se apoyó en el otro extremo de la cruz y esperó.

—Mi padre también está aquí —dijo David suavemente después de un rato—. ¿Quieres venir conmigo?

—No.

—¿Quieres decir algo?

—¡No!

Se hizo el silencio por un momento:

—¿Quieres irte a casa?

—Sí.

—Vamos a decírselo a tu madre.

—Está allá... abajo. Se lo podemos decir a mi tía.

—Tienes que decírselo a tu madre —insistió David. No porque le importara tener que ver a Marisa y el resto de la familia de Elena. Aunque esa podría ser una razón perfecta.

No le importaba lo que pudiera pasar con él. Era policía y estaba acostumbrado a no gustarle a la gente. Quería ser justo con Elena y Riq, y sabía que la desaprobación de la familia Chávez podría presionar a Elena de diferentes maneras. Que podía tirarse hacia atrás y resistirse. Y nadie sabía lo que se les podía escapar delante de Riq.

"El paquete completo, eso es", pensó con cierta ironía. Riq, Elena y el resto de las mujeres Chávez.

No es que Elena y él hubieran progresado mucho todavía. La semana pasada los dos habían estado muy ocupados, sin tiempo para más que unas cuantas cortas conversaciones telefónicas que por lo general tenían que ver con Riq. Pero él la quería, quería estar más tiempo con ella. Elena estaba en una posición muy vulnerable en estos momentos, aunque ella lo negase fieramente.

Elena siempre había despertado el instinto de

protección en él, dándole deseos de rodearla con sus brazos y abrazarla.

Y besarla. Amarla. Cuando la había visto ahí, cavando la tierra, lo que más había deseado era besarla con una locura sin sentido.

Pero no lo había hecho. Había aprendido a controlarse en los últimos quince años.

Y ahora estaba practicando un poco más. Concentrándose en Riq, por su bien y el de Elena.

—Es muy sencillo —repitió David—. Ve hasta allá, se lo dices, y te llevo a casa. Y ya está.

—¿No tengo que limpiar con el rastrillo, ni plantar, ni nada? —dijo desconfiado.

—No.

Tendría que mirar como David depositaba las flores, y eso ya era suficiente para que tuviera que reconocer la existencia de la tumba de su padre. Antes de que se diera cuenta de lo que estaba pasando ya estarían saliendo de allá.

Riq dejó de apoyarse en la cruz:

—Vamos.

Caminó al frente al no estar muy seguro de que Riq supiera o quisiera saber el camino.

—¿Vas a venir a casa más tarde? —preguntó Riq bruscamente. Ya que has hecho todos esos tamales, tienes derecho a comerte alguno.

—Tengo que trabajar.

—Cuando salgas.

—Mi propia familia me espera.

—Tengo algo para ti —dijo de repente Riq.

—Pasaré después de las ocho —contestó de inmediato David. No quería decepcionar a Riq, porque decepcionaría a Elena. Si eso significaba tener que dar la cara ante la familia de Elena, pues habría que hacerlo. No podía evitarlos para siempre.

Ni siquiera ahora.

—Maldita sea —murmuró Riq al levantar la vista—. Todo el mundo está ahí.

O por lo menos todo el mundo que le afectaba a él: su madre, sus tías y su abuela; su otra abuela, Carmen, y tía de David; y las tías hermanas de su padre, Susana, Marta y Rita.

—De eso se trata el Día de los Muertos, Riq —le dijo David en voz baja—. Recordar y celebrar con la familia.

—Yo no voy —dijo parándose donde estaba—. Díselo tú.

—Lo siento, amiguito. El trato era que tú se lo dices y entonces nos vamos. Si no se lo dices te vas a quedar aquí todo el día.

Riq le echó una mirada, pero David continuó caminando.

Riq se quedó ahí un segundo más y entonces saltó hasta llegar al lado de David.

—¿Qué es eso? —dijo señalando la vasija que llevaba David.

—Es para tu padre. ¿Quieres ponerla tú?

—No.

David se encogió de hombros. Se encontraban al lado del grupo, y las caras empezaron a girar ante la imagen de David y Riq uno al lado del otro. Su parecido era increíble, pensó Elena. Escalofriante.

Sus parientes se quedaron en un absoluto silencio, apartándose como las aguas del Mar Rojo para dejar pasar a David. Todo el mundo observó boquiabierto cómo ponía las flores a los pies de la tumba dejando una brillante mancha de rojo y dorado contra el blanco inmaculado de la piedra.

Todos conocían la historia menos Riq: que Luis había recogido los pedazos del corazón de Elena con cariño después de que David lo rompiera unas semanas antes de la boda. Que Luis se la había llevado lejos. Que Luis y David no habían vuelto a hablar desde entonces.

Ninguno de ellos sabía cómo reaccionar ante la perturbadora presencia de David al lado de Riq, o ahí, en la tumba de Luis.

David giró y miró a Riq expectante. Con una voz estrangulada en la garganta, Riq dijo:

—Mamá, David me va a llevar a casa.

Las palabras de Riq dejaron a Elena rígida. Miró atentamente a Riq y después a David, quien asintió sin decir nada. Siete pares de ojos se clavaron en ella.

Elena podía oír sus comentarios tan claramente como si los estuvieran diciendo a voz en grito: *"No se lo permitas. No le dejes ser tan irrespetuoso. Tiene que aprender. Su lugar está aquí, con nosotros."*

Y todavía más estridentemente, un coro: *"¿David Moncloa?"*

"Déjalo que se vaya", pudo escuchar la voz de Luis en su cabeza: *"Ha venido, ha visto mi tumba. No está listo para otra cosa".*

Dio un paso hacia atrás y levantó la cabeza un poco más, esperó una palabra sobre David, nada más. Pero la voz había desaparecido. Lo único que oía ahora eran sus propias preguntas y dudas.

—Está bien —dijo finalmente—. ¿Tienes la llave?

Riq sacó de su bolsillo un llavero y se lo mostró.

—Volveremos enseguida. Quédate ahí.

David cruzó por en medio del grupo de nuevo y

su mano rozó la punta de los dedos de Elena. Se fue caminando con Riq, David erguido y Riq encogido desafiando al dolor que iba tragándose.

Elena se llevó los dedos de su mano a los labios sin dejar de mirar como se iban.

Ya estaban a unas cien yardas de distancia cuando estalló un gran jaleo, todos los familiares hablando a la vez, haciendo todas las preguntas que no se habían atrevido a dirigir a David.

—¿Cómo has podido dejar que David...?

—Luis nunca hubiera aceptado...

—¿Cómo has podido ser tan desleal?

—Tú no eres mi cuñada.

—Basta —dijo Elena con decisión levantando la mano—. Están todos invitados a mi casa a comer, pero no quiero escuchar ni una palabra sobre David ni sobre Riq. Están pasándose del límite.

—Pero Elena, ¡no te das cuenta de lo que estás haciendo!

—Todavía estás de luto.

—Tal vez deberías dejar pasar un poco más de tiempo...

—Esas son las reglas —dijo con brevedad—. Ustedes son mi familia y los quiero a todos. Pero yo tengo que hacer lo que sea bueno para Riq, y David parece ser el que mejor lo entiende ahora.

La voz de Luis le había dicho que dejara marchar a Riq. Pero no les iba a contar eso, ni siquiera hoy. Pensarían que estaba loca sin duda.

Elena recogió los utensilios de jardinería y se dio vuelta para irse:

—Comenos a las dos. Espero que vengan todas.

* * *

David tocó el timbre de la casa de Elena a las ocho y media, cansado y con hambre. Si no le hubiera prometido a Riq que iría, hubiera evitado la visita. Tampoco estaba tan seguro de que Riq quisiera verlo. El muchacho no le había dirigido la palabra en el camino de regreso del cementerio. Ni siquiera un "gracias" ni un "adiós".

—¡David! —dijo Elena sorprendida cuando abrió la puerta.

—Riq me pidió que pasara —dijo—. ¿Está algo mejor que esta mañana?

Elena se encogió de hombros:

—No ha comido con nosotros.

—¿Quiénes son "nosotros"?

—Todos los que estaban en el cementerio. Ya se han ido a casa —Elena lo dejó entrar—: Has sido una gran sorpresa para ellos.

—Ya me di cuenta. ¿Se les ocurrió alguna cosa agradable que decir?

Elena negó con la cabeza.

—¡Qué lindo! ¿eh?

David cerró de un golpe la puerta detrás de él, se inclinó y besó a Elena directamente en la boca:

—Y ¿cómo te encuentras tú después de plantar cara a los leones?

—¡David! —le reprochó en un susurro—. Aquí no, Riq está arriba.

—Lo que no vea no le va a hacer daño —la besó de nuevo—. Y a mí me gusta besarte. Hace que un mal día desaparezca.

—¡Para! —exclamó ella golpeándole suavemente en el brazo.

—¡Eh! Un poco de respeto por un agente de policía herido.

—Eso fue la semana pasada. Que también fue cuando acordamos ser discretos. No arriesgarnos.

—Los riesgos hacen la vida más interesante. —Intentó abrazarla de nuevo pero Elena lo empujó secamente y entró en la parte principal de la sala. Un segundo más tarde, Riq aparecía con una mano detrás de la espalda.

—Has venido.

David se enderezó:

—Te dije que vendría. ¿Cómo estás? Tu madre dice que no has comido nada.

—No tenía hambre —Riq se quedó mirándolo un momento, entonces sacó la mano de detrás. Tenía una calavera, la calavera de azúcar que suele darse en ofrenda el Día de los Muertos en México. En la parte de arriba se podía leer "David, tío".

—Es para ti —se quedó callado durante un minuto—. Gracias por traerme a casa. Me... alegra que nos hayamos conocido al fin.

David notó que se le formaba un pequeño nudo en la garganta al coger la calavera. ¿Qué le pasaba? Todas sus sobrinas le habían regalado calaveras este año, y no había sentido semejante choque. Pero de Riq, el hijo traumatizado de su mejor amigo con el que no se hablaba...

—Yo tengo algo para ti también —dijo David alegrándose de haber pasado por su casa primero.

Se metió la mano en el bolsillo interior de su chaqueta y sacó una vieja foto de Luis y él. Tendrían más o menos la edad de Riq, un par de adolescentes traviesos en el uniforme de la escuela. De hecho, se parecían mucho a Riq.

—¡Caray! Pareces un chiquillo —dijo Riq incrédulo.

—Tu padre es el de las gafas —respondió David.

Elena miró por encima del hombro de Riq y lanzó una carcajada:

—Jesús, había olvidado la pinta de chiquillos que tenían en esa época.

David contestó con la dignidad herida:

—Los dos mejoramos.

—Muchísimo, gracias a Dios.

—Lo cual significa que hay esperanza —le tomó el pelo David a Riq.

—Oye, yo no tengo tan mala pinta como tú —contestó Riq.

Elena se giró hacia la biblioteca que cubría la pared al fondo de la estancia principal, buscó entre los estantes y encontró lo que quería. Sacó una juego de delgados libros de gran tamaño.

—¿Quieres ver algo malo? Yo te enseñaré algo malo —dijo sentándose en el sofá de piel frente a la ventana—. Ven, Riq. No creo que hayas visto esto.

—¿Qué es?

—Los anuarios de Santa Cecilia. Todos nosotros fuimos allí hasta la escuela secundaria, ¿sabes? Después papá y David fueron a Franciscan, y yo a Benedictine—abriendo el primero.

—¿A quién tuviste en cuarto curso? —preguntó Elena, pasando las páginas.

—A la Hermana Rosa, pero no creo que... —David tomó el libro, pero Elena lo mantuvo sujeto fuertemente contra su pecho.

—Ah, sí —dijo al encontrar la página—. Mira Riq, éste es tu padre, y éste es David.

Las fotos de clase mostraban sonrisas pícaras y pelo negro corto que no se quería mantener aplastado. Elena giró las hojas y encontró una cándida foto de los dos en el recreo, escapando de una niña. La niña era ella.

—¿Ya te gustaba papá en esa época? —preguntó Riq asombrado.

—Yo conocía a él y a David —respondió alegremente—. Y eran unos bromistas terribles, especialmente con las niñas pequeñas. A veces teníamos que devolvérselas.

—Una vez, pusieron ranas en nuestras mochilas —recordó David con indignación—. Estuvieron croando toda la clase de religión, y la Sra. Murphy nos envió a la oficina de la directora, a pesar de que le juramos que nosotros no habíamos traído las ranas a la clase. La hermana Margaret nos hizo quedarnos después de la escuela toda la semana. Nunca nos creyeron que fue una broma.

Elena sacó otro anuario, pasando páginas para encontrar más fotos e historias. Se pasaron media hora más en el sofá riéndose y quejándose de lo tontos que parecían en esas fotos. Riq se lo tragó todo como si estuviera muriendo de sed, y sus historias fueran un vaso de agua sin fondo.

—Tengo una idea —dijo Elena después, secándose lágrimas de risa—. Vamos a poner esto en la mesa.

Riq la miraba con desconfianza.

—Hemos estado recordando a papá de la forma que él era y riendo —dijo cariñosamente—. Tal vez ahora puedas hacerlo —añadió mirando a David—. Hoy hemos puesto un servicio para Luis y Riq ha estado evitando el comedor todo el día.

Se levantaron tirando de un Riq poco convencido para que se pusiera de pie, y caminaron uno de cada lado de él hacia el comedor.

El sitio de Luis estaba todavía en la mesa, su plato

envuelto en plástico. Riq desvió la mirada cuando su madre puso el anuario encima de la mesa, al lado del plato, abierto en la página con la foto de David y Luis en sexto año. Miró otra vez la foto que David le había dado y la metió debajo del tenedor.

—¿Ya tienes hambre? —le preguntó Elena un momento después—. ¿Y tú, David?

—Me muero de hambre. ¿Queda alguno de esos tamales?

—He guardado algunos. Vamos a la cocina.

Una hora más tarde, con el estómago lleno, Riq seguía pidiendo que le contaran historias sobre su padre.

—Está bien, está bien —lo frenaba David—, pero sólo una más.

—Una sobre una lección, por favor —pidió Elena.

—Esto es lo que pasa cuando no escuchas a los mayores —empezó David—. Una vez tu padre y yo íbamos en bicicleta cerca de la calle de Tracy Sánchez. Tracy era muy interesante. Era la mejor. Incluso mejor que tu madre.

Enrique miró hacia arriba mostrando exasperación y Elena le dio un ligero golpe en la mano:

—Yo era interesante. Lo fui una vez.

—Tu abuelo nos había dicho que estuviéramos en casa antes de las cinco, pero vimos a Tracy por la ventana y se nos olvidó qué hora era. La saludamos con la mano, hicimos piruetas con las bicicletas, nos volvimos locos. No nos lo podíamos creer cuando al final salió para hablar con nosotros. ¡Nosotros!, hablando con la chica más ingeniosa, guapa e increíble que conocíamos. En la calle, donde cualquiera podía vernos o ver que interesantes éramos.

—¿Y qué pasó?

David suspiró:

—Tu abuelo apareció con la vieja *pick-up* buscándonos. La que utilizaba para repartir el pescado. Nos dijo que llegábamos tarde, nos agarró allí mismo delante de ella, nos metió junto con las bicicletas en la parte de atrás donde solía llevar las heladeras con el pescado. Todavía podía olerse el pescado...

—Fue el día que más vergüenza pasamos en nuestras vidas, y todo el mundo en la escuela y el vecindario lo supo al día siguiente. Nos llamaron cabeza de pescado durante semanas. Tracy salió con tu padre una temporada. Pero no conmigo.

—¿Por qué no?

"Porque yo estaba demasiado atontado con tu madre."
Elena respiró hondo al escuchar la pregunta y aguantó la respiración hasta que vio a David encogerse de hombros y decir simplemente:

—Probablemente porque nunca se lo pedí.

—Entonces la moraleja es "invita a salir a todas las chicas que te gusten" —dijo Riq—. Parece fácil, creo que podré hacerlo.

—No. La moraleja es "escucha a los mayores porque pueden humillarte y avergonzarte".

—Eso lo hacen de todas maneras —pero una sonrisa imprecisa se asomaba a la boca de Riq. Parecía que estuviera a punto de soltar una nueva idea.

—Ahora, es hora de irse. Gracias por la calavera —dijo David.

—Gracias por la foto.

—Todo irá mejor, Riq —dijo Elena suavemente—. El año que viene será más fácil.

La sonrisa se desvaneció:

—Sí, claro.

Elena sacudió la cabeza al tiempo que Riq se dirigía hacia el piso de arriba:

—Nunca digo las palabras adecuadas con él —se lamentó Elena.

—No seas tan dura contigo misma. Ha conseguido superar el día de hoy. Hace cinco minutos estaba riéndose, todos nos reíamos.

—¿Cómo haces para saber siempre lo que hacer con él? —dijo con admiración.

—No lo sé. A lo mejor es la experiencia de haber perdido a mi propio padre. O la necesidad de hacer algo por Luis —mostró las palmas de sus manos con gesto interrogante—. Pero lo más probable es que sea mera suerte.

—Sea lo que sea, Riq no puede pasar sin ello —lo miró a los ojos, con los suyos llenos de gratitud.

—¿Y tú? —de repente David se puso serio, insistente, exigiendo una declaración.

—Yo tampoco me las habría podido arreglar sin ti las últimas tres semanas —suspiró ella bajando la vista.

La emoción lo dejó paralizado. No podía creerlo: estaba allí, en casa de Elena, y ella le estaba diciendo que no podría arreglárselas sin él.

Elena ya había dicho eso mismo una vez, y él la rechazó, abandonando lo mejor que le había pasado en la vida porque no sabía cómo conservarlo. Ahora había aprendido la lección.

La tomó de la mano y la atrajo contra su pecho. Descansó su cabeza en la de ella por un momento, sosteniéndola, oliendo ligeramente la esencia de coco de su pelo, disfrutando del contacto de su esbelto cuerpo contra el de él.

No podía ser que tuviera tanta suerte, pensó, pero la tenía.

Le pasó el pulgar por el hueso de la mandíbula, chocando con la suave piel de su mejilla, sintiendo su aliento cálido contra el cuello. Levantó su cabeza suavemente hacia atrás perdiéndose en los enormes ojos interrogantes de ella.

Se inclinó para besarla. Sólo una vez, porque sabía que ella protestaría. Pero no podía resistir probar su boca un poco. No después del día de hoy. No después de lo que ella había dicho...

Sus labios se hundieron en los de ella y ella le robó el aliento para devolvérselo con su sabor, con su... necesidad. Nunca pudo resistirse a ella cuando estaba tan tierna y tan accesible. No cuando eran jóvenes y menos ahora.

Abrió la boca, con la lengua pidiendo entrar en la boca de ella. Pasó a través de sus labios y de sus dientes y después entró en el pequeño espacio húmedo de su boca. La tuvo a prueba, danzando en duelo con ella por un largo e intenso momento.

—Ven a casa conmigo —murmuró, sin pensar, hablando con sus sentimientos—. Ya sé que no te puedes quedar toda la noche, pero ven un par de horas, Elena, sólo un par de horas.

—David —susurró ella alarmada, empujando con las manos contra su pecho para romper el abrazo—. Basta. No puedo ir. No estaría bien visto, y no estaría bien.

—Supongo que no —le dio la razón sintiéndose reacio, con la sangre todavía corriéndole caliente por todo el cuerpo. Le pasó la mano por el pelo, jugando con las gruesas mechas antes de soltarla del todo.

Habló de nuevo:

—Yo te quiero, Elena. Y tú me quieres a mí. Tarde

o temprano se lo tendremos que decir a Riq. Va a ser demasiado difícil controlar cada mirada y cada palabra. Casi se me escapa hoy.

—Todavía no —suplicó ella—. No está preparado. Ya lo has visto esta noche. Le gustas. Pero no está preparado para aceptar que tú me gustes a mí, no de esta manera.

—¿Y yo te gusto de esta manera? —dijo con voz ronca, necesitando saberlo con seguridad. Quería escuchar las palabras diciendo lo que ya le decía el cuerpo de ella.

—¿Es que no lo ves? —susurró Elena—. Yo no quería, me hace sentir... extraña. Y nadie lo entiende. Pero...

—Pronto, Elena —le exigió.

Ella asintió, lo tomó de la mano y lo condujo hasta la puerta de entrada. La abrió y lo empujó cariñosamente a través del umbral. David se quedó de pie en el porche, a unas pulgadas de distancia, ansioso de deseo.

Elena se llevó el dedo índice a los labios y en un gesto rápido lo presionó contra su boca.

—Pronto —prometió suavemente, y cerró la puerta.

Capítulo 6

"Vaya día", escribió Riq en su ahora mensaje electrónico diario a Berta. *"Gracias a Dios que se ha terminado."*

Se detuvo tratando de decidir si quería decir algo más. Pulsó la tecla *return* y empezó una nueva línea:

"Tengo una cosa para ti. Pasaré por tu casa mañana después de la escuela. Puedes llevarlo a tu clase de español. Hablamos después, Riq."

También tenía una pregunta para ella, pero eso tendría que esperar. Se la haría en persona.

Berta le gustaba de verdad. Era divertida en los mensajes, y Riq sentía que Berta realmente lo entendía. Había pasado un par de veces por su casa con la bicicleta, algo parecido a lo de papá y esa chica de la que David había hablado, esa Tracy no-sé-cuánto.

De tal palo, tal astilla.

Una bicicleta no era nada en comparación con un coche, ¿pero qué más puedes hacer cuando tienes catorce años? No le iba a pedir a su madre que lo llevara en su coche tipo furgoneta, de eso estaba seguro. Pero el *Mustang* de David era otra cosa. A lo mejor David podría...

Si ella aceptara. Si Berta aceptara ser su acompañante para el baile de *homecoming* de regreso a la escuela la próxima semana.

—¡Eh!, Santiago, ven aquí. —Le gritó Vince Di-Falco desde el otro lado del comedor.

Riq cruzó con la bandeja de carne misteriosa y patatas hasta donde estaban DiFalco y sus compinches. Él y Vincent estaban juntos en la clase de español. Vincent era un chico popular, un buen chico, y su amistad había sido suficiente para que los otros aceptaran a Riq. La escuela no era tan horrible desde que había hecho amistad con David.

—Vas al baile de *Homecoming*. del regreso a la escuela. —No era una pregunta.

—Claro.

—¿Tienes acompañante?

—Sí —no pudo evitar que se le escapara una pequeña sonrisa. Berta había aceptado hacía dos días, cuando Riq le había llevado la calavera con su nombre en ella.

DiFalco se animó:

—Felicitaciones. Así mi hermana no tendrá que buscarte pareja a ti también. Pues nada, después del baile, algunos de nosotros vamos a pasar la noche en mi casa. ¿Quieres venir?

—Claro.

—Bueno. Cómete el almuerzo y ayúdame con este dichoso vocabulario. La Señora ha puesto un examen al tercer periodo.

¡Vaya! Una cita y una fiesta. Algunos días podían hacer que incluso la carne con *gravy* pareciera buena.

—El sábado por la noche —le dijo Elena por teléfono a David—. Riq va a ir al baile de *homecoming*, y un amigo lo ha invitado a él y a su acompañante a desayunar, así que los chicos pasaran la noche fuera. No estarán de vuelta hasta el mediodía.

—¿Quién es la chica?

—La del embarcadero. Resulta que vive por aquí cerca. He hablado con su madre y ya está todo arreglado. Los anfitriones de la fiesta traerán a casa a todas las acompañantes después del baile el sábado.

—Tendré que cambiar mi horario para el fin de semana.

—No puedo creer lo mucho que ha mejorado Riq en sólo un mes. Finalmente está haciendo amigos, sale, hace actividades corrientes. No sabes la carga que me he sacado de encima.

—A lo mejor ahora puedes concentrarte en otras cosas —dijo en voz baja y sugerente—. Como nosotros, Elena.

—Eso es exactamente lo que mi familia quiere —dijo levemente.

—¿Todavía están pinchándote con eso?

—Por supuesto. Lo único que ellos quieren ver es que tú me hiciste daño, a mí y a Luis. No entienden cómo puedo dejar que Riq pase tanto tiempo contigo cuando Luis estaba enfadado contigo todavía. O cómo puedo yo, para el caso.

—¿Y tú qué piensas?

—Creo que es historia. La vida pertenece a los que están vivos. Saber perdonar es bueno.

—¿Saber perdonar? —su voz sonó seria de repente.

—Sí —respondió tranquilamente—. Yo amaba mi vida con Luis, y amo a Riq. No hubiera tenido eso si tú y yo hubiéramos seguido juntos. Tú me hiciste daño, pero fue necesario. Y ahora...

"Ahora has vuelto", pensó, *"y Riq está mejorando mucho,*

y de repente yo estoy asustada. No he tenido una vida propia desde que Luis murió, y eso está a punto de cambiar."

—Tengo que irme —dijo bruscamente—. Tengo que preparar unos informes con presupuestos, y la fiesta de la escuela es dentro de dos semanas. ¿Te importaría llevarlos en coche el sábado? Tu coche es mucho menos vergonzoso que el mío.

—Por supuesto. Pero eso significa que también nosotros tenemos una cita.

—Que lo pasen bien, los dos —dijo Elena cuando David detuvo el coche enfrente del estacionamiento circular de Franciscan, del que bajaron un Riq y una Berta sonrientes y despeinados por el aire, preparados para el baile de *homecoming*. Habían insistido en ir con la capota bajada, a pesar del frío aire de noviembre.

Incluso la presencia de Elena no era suficiente para neutralizar la euforia de Riq. El equipo de Franciscan había le dado una paliza a su rival de *homecoming* la noche anterior: 14 a 3. Todo el mundo estaba sonriente y chocaba los cinco. Riq tenía el mismo aspecto que las docenas de estudiantes que se paseaban con sus acompañantes del brazo.

Elena sacó una rápida foto desde el coche para añadir a la media docena que había sacado en casa de Berta. No podía creerlo: Riq en el baile de la escuela.

¿Y dónde la ponía a ella eso? Sentada al lado de David con toda la noche y parte de la mañana por delante.

De repente se sentía nerviosa. Esos besos furtivos no eran suficiente preparación para horas sin interrupción con David. Para reencontrarse con su vida

Ahora, disfrute de 4 *Novelas de Encanto* ¡absolutamente GRATIS!...

...como una introducción al Club de Encanto.
No hay compromiso alguno. No hay obligación alguna de comprar nada más. Solamente le pedimos que nos pague $1.50 para ayudar a cubrir los costos de manejo y envío postal.

Luego... ¡Ahorre el 20% del precio de portada!

Las socias del Club de Encanto ahorrán el 20% del precio de portada de $3.99. Cada dos meses, recibirá en su domicilio 4 *Novelas de Encanto* nuevas, tan pronto estén disponibles. Pagará solamente $12.75 por 4 novelas –¡un ahorro de 20%– (más una pequeña cantidad para cubrir los costos de manejo y envío).

¡Sin riesgo!

Como socia preferida del club, tendrá 10 días de inspección GRATUITA de las novelas. Si no queda completamente satisfecha con algún envío, lo podrá devolver durante los 10 días de haberlo recibido y nosotros lo acreditaremos a su cuenta...
SIN problemas ni preguntas al respecto.

¡Sin compromiso!

Podrá cancelar la suscripción en cualquier momento sin perjuicio alguno. NO hay ninguna cantidad mínima de libros a comprar.

¡Su satisfacción está completamente garantizada!

Envíe HOY MISMO este Certificado para reclamar las 4 Novelas de Encanto –¡GRATIS!

Por Favor visítenos en el Internet www.encantoromance.com

¡SÍ! Por favor envíenme las 4 *Novelas de Encanto* GRATUITAS (solamente pagaré $1.50 para ayudar a cubrir los costos de manejo y envío). Estoy de acuerdo de que –a menos que me comunique con ustedes después de recibir mi envío gratuito– recibiré *4 Novelas de Encanto* nuevas cada dos meses. Como socia preferida, pagaré tan sólo $12.75 (más $1.50 por manejo y envío) por cada envío de 4 novelas — un ahorro de 20% sobre el precio de portada. Entiendo que podré devolver cualquier envío dentro de los 10 días de haberlo recibido (y ustedes acreditarán el precio de venta), y que podré cancelar la suscripción en cualquier momento.

☐ Pago adjunto (a la orden de Club de Encanto) ☐ Por favor factúrenme

Nombre _____

Dirección _____ Apt. _____

Ciudad _____ Estado _____ Código postal _____

Teléfono ( ) _____

EN120A

Todos los pedidos son sujetos a la aceptación de Club de Encanto Romances.

Envíe HOY MISMO
este Certificado para reclamar las
4 Novelas de Encanto –¡GRATIS!

||....|..||||....||.|.||.|.|.|..||.|.|..|.||..||...|

Club de ENCANTO Romances
Zebra Home Subscription Service, Inc.
P.O. Box 5214
Clifton, NJ 07015-5214

de nuevo, su vida de adulta, ésa de la que Riq no debía ser parte.

Había pasado mucho tiempo con su dolor, y todavía más con el de Riq. Finalmente estaba saliendo de él y se sentía desorientada al final del camino. Había dedicado mucho de su tiempo a Riq, no estaba segura como dedicárselo a sí misma.

Pero David lo quería. Lo esperaba. ¿Y quién mejor que él? Él la había ayudado a recuperar a Riq.

Pero Dios mío, no estaba segura de acordarse de cómo comportarse en una cita, ni qué decir del protocolo de la cama. Y no había duda de que eso iba a pasar esa noche.

—¿Quieres cenar algo o tomar algo antes? —le preguntó David como si pudiera leerle el pensamiento.

—No —contestó tranquilamente—. Vamos a casa.

—¿A qué casa?

—A la tuya. Hay menos tráfico. —*"Y menos recuerdos del resto de mi vida."*

—Y no nos encontraremos con tu madre —añadió David irónicamente—. No creo que queramos tenerla a ella o a tus hermanas mirando por encima del hombro.

Sin lugar a dudas. Ya estaba bastante nerviosa con todo esto. Era su decisión, se dijo a sí misma, pero sería mucho más fácil sin que nadie lo supiera inmediatamente.

David salió del estacionamiento circular. Los Franciscanos, manteniéndose fieles a su principio de amor a la naturaleza, habían construido la escuela a lo largo de un exuberante recodo del pantano rodeado de cipreses y robles. Unos años más tarde, la cuidad había construido el parque más prominente en el mismo terreno, pero habían permitido que los monjes mantuvieran la escuela intacta. Franciscan gozaba ahora de uno de los paisajes más tranquilos y llenos de paz de la ciudad.

Una familia de patos cruzaba por en medio de la carretera y David disminuyó la marcha. Elena miró al cielo sobre su cabeza, negro con miles de centelleantes estrellas.

—Es una hermosa noche —dijo.

—Una noche hermosa para una mujer hermosa —contestó David tomándole una de las manos—. No puedo esperar a poder comprobar qué hermosa.

Estaba demasiado oscuro para que pudiera ver como Elena se ruborizaba. No estaba acostumbrada a piropos atrevidos o indirectas, ni a cómo la hacían sentirse. Era viuda y madre, pero esta noche se sentía como si tuviera diecinueve años de nuevo: sin aliento y ansiosa.

David pasó despacito por el parque. Se podían ver ya miles de luces de Navidad decorando los árboles y el pantano. Dentro de dos semanas más sería como un paisaje de cuento de hadas.

Manejaron por delante de los jardines donde las flores de otoño y los vegetales estaban en esplendor. Después pasaron por delante de Storyland, con las escenas de los cuentos de hadas representadas a tamaño gigante: el barco pirata de Peter Pan, la carroza de Cenicienta, la ballena de Pinocho.

Al lado, el carrusel de los niños llenaba el aire de música de caliope dando vueltas en una nube de luces y color. El tren en miniatura hizo sonar su silbato y empezó su gira por el parque. Todo el ambiente se llenaba con la alegría y festividad de un sábado por la noche.

Elena tomó una profunda bocanada de aire fresco y miró las estrellas. Parecía una noche mágica, una buena noche para empezar a vivir de nuevo.

David le devolvió la mano al regazo cuando salían del parque, y manejó por delante del paisaje reluciente de edificios del centro. Después cruzaron el enorme puente iluminado sobre el río Mississippi.

—¿Tienes frío? —le preguntó cuando llegaron a la cresta y se lanzaron rampa abajo.

Elena tenía frío, pero de hecho la hacía sentir más viva, era estimulante. No se había sentido tan viva en mucho tiempo.

No volvieron a decirse nada hasta que llegaron a una pequeña nave de ladrillo rehabilitada. Elena conocía el vecindario. No estaba tan lejos de la casa de su familia, pero lo suficientemente lejos como para que nadie pudiera aparecer pidiendo una taza de azúcar, o un tipo de visita inesperada, como en su casa.

Había unas palmeras en una franja estrecha de hierba, en el frente. La puerta llevaba a un atrio muy bien iluminado.

David manejó medio bloque más y giró hacia un estacionamiento vallado. Bajó la ventanilla del auto e introdujo una tarjeta de plástico en un lector electrónico y la puerta se abrió silenciosamente. Estacionó y apagó el motor.

Abrió la puerta de Elena y se encaminó por los escalones que llevaban a la entrada. Ella le seguía un paso más atrás, temblando. El corazón le latía salvajemente.

Sabía muy bien lo que iba a pasar esa noche. No era una chica inocente de diecinueve años. Conocía las leyes de la naturaleza y lo que pasaba entre un hombre y una mujer. Era sólo que había pasado mucho tiempo desde la última vez que lo había experimentado.

David la guió a través de la puerta, al vestíbulo lleno de plantas selváticas. Después tomaron el ascensor hasta el tercer piso. Había sólo cuatro apartamentos en cada planta. David metió la llave en el 3-C, encendió una luz cenital e hizo pasar a Elena.

Elena miró a su alrededor, estudiando el espacio personal de David.

El salón era amplio, despejado y masculino, cuidadosamente coordinado, con la máxima eficiencia. Había un sofá de piel y otro reclinable, un mueble de roble para la televisión con las puertas perfectamente cerradas, una biblioteca haciendo juego, y una lámpara para leer. En la pared colgaban un par de títulos enmarcados de la Jefatura de Policía.

Había unas cuantas fotografías de la familia entre los libros. Elena se acercó y las miró reconociendo al padre de David, la madre y las hermanas. Había unas niñas que no conocía, probablemente sus sobrinas. Y un marco vacío, del tamaño de la foto que le había dado a Riq.

Elena lo miró interrogante y él asintió:

—La guardaba en un cajón —dijo—. Pero nunca pude deshacerme de ella.

La idea de que David hubiera guardado un símbolo de Luis incluso después de quince años de rabia y silencio, le produjo un extraño sentimiento reconfortante.

David pasó por delante de ella rozándola y apretó el botón del termostato. Se oyó un pitido y la calefacción se puso en marcha llevándose el aire frío con una ola de aire cálido.

Elena se quedó ahí de pie, nerviosa. Ahora estaban solos, solos de verdad. Riq no estaba arriba, mamá no estaba en la casa de al lado, su secretaría no estaba al otro lado de la puerta. No había protecciones ni defensas. Sólo Elena y David.

—¿Quieres beber algo? —dijo David caminando hacia una barra con taburetes en la cocina. Era pequeña y acogedora, con un gran anillo de acero sobre los fogones del que colgaban sartenes y otros utensilios de cocina. Una ristra de pimientos chiles y una polvorienta corona de estragón adornaban la pared, así como un póster sin marco titulado "El Mole Perfecto".

Elena tenía la garganta seca, y asintió. David abrió el refrigerador:

—Tengo cerveza, leche y agua. Ah, y... —apartó unas cuantas jarras de en medio—, una botella de vino. Blanco.

—Vino —dijo ella. No era una mala idea limar las asperezas un poquito.

David descorchó la botella, sirvió el pálido líquido amarillo en una copa translúcida y se la ofreció. Elena casi se estremeció al tocarse sus dedos.

Él se sirvió una cerveza y emprendió de nuevo el camino hacia el salón:

—Por las noches de fiestas —dijo levantando el vaso y bebiéndoselo de un trago.

—Por las "escoltas" —se unió ella nerviosamente.

—Eso sólo para los chicos, Elena. Nosotros no las necesitamos.

David depositó su vaso en la mesa de al lado del sofá y tomó la copa de Elena de entre sus dedos nerviosos. La acercó hasta los labios de ella. Elena tomó un sorbo, y otro. Se terminó toda la copa antes de que el primer sorbo se le hubiera subido a la cabeza, pero al cabo de un minuto ya se sentía inmersa dentro de una niebla muy agradable.

David colocó la copa junto a su vaso. Ahora con sus manos ya libres la tomó de los hombros y la atrajo hacia él.

Y ya la estaba besando. Besándola de verdad. No se trataba de picoteos furtivos, de momentos robados envueltos en el miedo de que alguien les sorprendiera. Este beso era decisivo y exigente, inundado de deseo y pasión.

Le pasó el dedo por la clavícula y subió hasta la mejilla. Ella le miró, tratando de perder su prisa en los profundos ojos negros de David.

—No tengas miedo, Elena. No te haré daño. Esta vez no.

—No tengo miedo de eso —susurró. Era mucho más complicado que ser herida.

—¿Qué es entonces? —su voz era urgente y grave.

—Es difícil de explicar. No estoy acostumbrada a anteponer mis deseos a los de los otros.

—No a los míos.

—*Touché* —contestó sonriendo ligeramente—. Pero aun así es extraño.

—Y un poco desleal —dijo David irónicamente.

—Tengo este sentido de la obligación —dijo ella desolada—, con el pasado, mi pasado.

—Entonces, hazle honor, Elena, porque siempre estará ahí. Pero no te quedes atrapada en un lugar donde yo no puedo entrar. Debes seguir adelante.

"Seguir adelante". Con facilidad una de las palabras más difíciles en cualquier lengua. Pero si no lo hacía, perdería esta oportunidad también.

Lo rodeó con sus brazos, cerró los ojos, y esperó a

que David la besara. Esta vez le devolvió el abrazo, dejando que las manos de David se perdieran por todo su cuerpo, que la derritieran, que la encendieran por dentro.

Deja que se encargue de ahuyentar los miedos y demonios.

La manos de David se entretenían con el cuerpo de ella, trazando diferentes itinerarios a través de la blusa y haciéndole cosquillas en los hombros y en el pecho. Sus manos venosas y de tendones marcados, conocían los secretos del cuerpo humano, del cuerpo de ella. David podía encender en su cuerpo el deseo.

Y eso era exactamente lo que estaba haciendo. Sosteniendo la cara de Elena en sus manos, la besó una y otra vez, pasándole el pulgar por los pómulos hasta el suave hoyuelo de su boca. Le mordisqueó el labio inferior jugando con la idea de ir más adentro, de hacerla pensar que iba a hacerlo. Cuando ella respondió, David se lanzó a probar su sabor con apasionado ardor e intención, rugiendo de excitación.

Elena estaba sentada ahora en el borde del sofá, sostenida por los fuertes brazos de David. De no ser por él, Elena se hubiera derretido como chocolate en un caliente día de verano, desparramándose tierna y suavemente por todo el sofá.

Elena se apretó contra él más estrechamente y se abandonó a la sensación de David Moncloa amándola. Por esta noche, iba a olvidar sus miedos, sus inhibiciones, lo olvidaría todo excepto que David la quería. Y ella lo quería a él también.

—Demasiada ropa —murmuró contra su boca sin romper el beso. De repente, quería más que sus labios. Quería tocar su piel desnuda con las manos. Tiró de los botones superiores de la camisa de

David, tratando sin éxito de desabrocharlos. Los ojales eran demasiado estrechos y sus dedos demasiado urgentes. Impaciente, bajo las manos a ambos lados del pecho, cerró los puños alrededor del cuello de la camisa y tiró de ella hasta rasgarla.

David levantó los brazos para que ella pudiera sacarle la camisa, y no interrumpió el beso hasta que no se la tuvo que sacar por la cabeza. Después volvió a ser de ella, boca con boca, las manos descansando sobre la suave piel color oliva del pecho de él, glorioso en el brillo de la luz incandescente.

La tomó en brazos y se puso de pie. La llevó por el pasillo más allá del cuarto de baño, hasta el dormitorio. Encendió el interruptor con el codo, y una luz de baja intensidad iluminó la habitación desde una lámpara sobre una alta cómoda de cajones, al lado de una televisión portátil.

Enfrente de la cómoda se encontraba la cama. Era una cama grande de madera de cerezo y metal, impecablemente hecha con una manta roja y unas fundas de almohada oscuras. Una sencilla cruz de oro colgaba de la pared, sobre el cabezal. Contra la pared del fondo había una gran ventana y una puerta, un pequeño escritorio con una computadora portátil y una impresora.

—Elena —susurró David con voz ronca, dejándola sobre la gran cama. Ella le miró. Los ojos de David estaban muy abiertos y fijos en ella, y en ese momento ella se dio cuenta de que la encontraba hermosa. Deliciosa, deseable.

Envuelta en deseo, le pasó los brazos alrededor del cuello y lo atrajo hacia ella. Descendió con una de sus manos al pecho de David, le pasó la uña por el pezón sintiendo como se encogía al tacto.

Elena empezó un recorrido hacia la geografía sur de David, deambulando por su torso suave y diestramente. Él rugió y ella sonrió, encantada de ver que recordaba alguna cosa que podía dar placer a un hombre.

Y de repente, su mano se detuvo en su camino descendente al encontrar algo que el cerebro reconoció. Ahí estaba. Menos de una pulgada de tamaño, ahora cicatrizada ya.

Elena presionó con el dedo en el tejido blanquecino y arrugado de la cicatriz en el costado izquierdo de David. La herida de bala del sospechoso que se dio a la huida hacía quince años. La pequeña bala que había roto todos sus sueños. Que había terminado con su amor y compañerismo. No la había visto nunca.

—¿Te duele a veces? —susurró Elena.

—No esta noche —contestó él con voz ronca.

En ese momento Elena se rindió. La culpa, la duda, el miedo. No importaba nada excepto el momento que estaba viviendo. Lo sabía claramente. Iba a vivirlo con absoluta intensidad.

Movió el dedo trazando un círculo alrededor de la cicatriz, y a continuación fue directamente a donde empezaba el cinturón de los *jeans* de David. Donde otras partes de él la esperaban para darle la bienvenida.

David lanzó un profundo sonido gutural y la empujó haciéndola caer de nuevo sobre la cama. Le desabrochó los botones de la blusa abriéndola y dejando a la vista el sencillo sostén de satén blanco.

Con un rápido movimiento de dedos, David consiguió liberar el gancho del sostén y retirarlo junto con la blusa dejándolos encima de la cama en un único y suave gesto.

Los pechos de Elena descansaban ahora libres, preparados para la atención de David.

David tironeó de nuevo. Esta vez de los *jeans* de Elena, haciéndolos resbalar por sus caderas hasta quedar convertidos en un bulto al lado de la cama. Le quitó los zapatos y le levantó las piernas para poder tenderla completamente en la cama, sobre la manta.

—Eres tan hermosa —dijo casi sin voz—. Como un sueño.

Se quitó el resto de sus ropas con una rapidez sorprendente, hasta que lo único que los separaba era unos calzoncillos de seda roja y unos minúsculos *panties* de satén blanco. Ambos demasiado pequeños para contener su deseo y su pasión.

Ella se acercó para alcanzar la banda elástica de los calzoncillos de él y retirarla, pero David le tomó las manos para detenerla y se las volvió a poner sobre su estómago, susurrando:

—No. Es nuestra primera vez, Elena. Quiero que ardas de deseo por mí, que ardas tanto como ardo yo por ti.

—Ya ardo, David, ya ardo —gimoteó lanzándose de nuevo a la cinturilla del *short*, ansiosa ahora, sin rastro de timidez, queriendo que no los separara nada. Pero él la apretó contra su cuerpo más fuertemente.

—Hace quince años que te quiero tener —pudo decir David finalmente—. No sé si yo soy lo que necesitas. Pero yo te necesito a ti, y quiero ser bueno para ti. Hazlo a mi manera esta vez.

Vive el momento. Déjale hacer. Relajándose tanto como pudo, Elena dejó que David tocara su cuerpo como si se tratara de un fino instrumento con sus manos cálidas. Tocando, apretando, presionando.

Despertó en ella una fiebre de pasión y deseo suplicante por ser apagada, y entonces se detuvo sólo lo justo para permitir que ella respirara, y ya todo volvía a empezar.

Acarició su cara, sus hombros y su clavícula, sus pechos y la ligera curva de su estómago. Bajó hasta los muslos también. Hundió la cara y la boca en el hueco de su cuello, desde donde le susurraba secretos a su cuerpo, con un aliento cálido y fiero.

Ella se dobló contra él, llena de ansia y completamente preparada, pero él volvió a frenarla y a devolverla tendida sobre la cama:

—Despacito —susurró con una voz enronquecida—. Despacio y suave. No seas ambiciosa.

—No puedo evitarlo, David. Estoy... en fuego por dentro. Cada parte de mí te quiere tener.

—Dios mío. —David se mantuvo ocupado con más caricias, suaves susurros, tentándola y atormentándola en la espera, hasta el punto que Elena creyó que iba a alcanzar el clímax de puro deseo.

Sentía un río torrencial entre las piernas, húmedo y dispuesto para darle la bienvenida a David, pero él había estado evitando tocarla en esa zona con toda intención, como si supiera que ella iba a explotar a la primera caricia. Mientras se había ocupado de otras zonas vulnerables: la suave parte inferior de sus pechos, la voluptuosidad de sus caderas, el hoyuelo de su rodilla izquierda, el reverso de sus hombros. Cada toque desencadenaba ríos de sensaciones que salían despedidas por todo su cuerpo y se refugiaban finalmente en su vientre formando un espiral preparado para saltar como un resorte en el momento adecuado.

Dios santo, estaba preparada. Y también él lo es-

taba, se veía a simple vista. ¿Por qué se estaba aguantando? ¿Para darle a ella la máxima sensación que
nunca hubiera experimentado? Elena estaba lista,
absolutamente dispuesta, hambrienta, ansiosa de ser
inundada por David hasta rebosar.

Pero él siguió esperando, aumentando la tensión,
dejándola rogar y suplicar. Y entonces, despacísimo,
deslizó las manos por ambos costados de su cuerpo
tomando sus *panties* por ambos lados en las caderas y
haciéndolos resbalar hasta los tobillos, lanzándolos
por los aires en dirección al montón de ropa que
descansaba en el suelo.

Le acarició el vientre, los huesos de las caderas,
hasta que finalmente deslizó una mano entre las piernas de Elena y la tocó. Ella se incorporó doblándose
hacia él, recordando de pronto el dulce, dulce momento de abandono que viene con el clímax. Y entonces se entregó en él, perdiéndose completamente
en las sensaciones que surgían de sus entrañas. David
la había preparado tan a consciencia, que una única
caricia la había desbordado como un torrente.

Se había rendido a la entrega y al hombre que le
había roto el corazón, el mismo que ahora estaba
tratándola con mimo y absoluto cuidado. Y de repente todo pensamiento se había desvanecido
cuando se sintió transportada por esa avalancha de
satisfacción hacia los misterios de la profunda
noche.

David estaba esperándola cuando ella regresó.
Tumbado a su lado, satisfecho de sí mismo. Apretó
su mano en la de ella una última vez, guiando los es-
pasmos finales de placer de su cuerpo culminado.

David, por supuesto, no se sentía en absoluto satisfecho, pero controló su deseo de forma magistral,

dándole a Elena el tiempo que ella necesitara para recuperarse de esa primera ronda de amor. Cuando la mirada vidriosa empezó a desaparecer del rostro de ella, y pudo volver a fijar los ojos en él, David se inclinó y la besó cariñosamente:

—¿Cómo te sientes? —preguntó.

—Como una mujer nueva —susurró Elena.

—Más vale que la vieja siga estando por alguna parte.

—No te gustaría. La vieja nunca hubiera hecho esto —y entonces Elena se acercó a él, le pasó las manos por el pecho, bajó a la cintura y continuó bajando—. O esto.

Sin darle tiempo para protestar, le bajó los calzoncillos hasta las rodillas. David se dio vuelta y con un suave movimiento se deshizo de ellos.

Se quedó hay tendido, glorioso en su masculinidad. Elena se estremeció de deseo otra vez. Esta vez quería ver el placer de David tanto como el suyo propio. Quería oírlo suplicar y exigir ser satisfecho.

La visión de David le provocó dolor, reconociendo de repente un lugar profundo dentro de su cuerpo que estaba gritando para ser saciado por David, y pronto.

David ya había llevado a cabo su declaración de intenciones y hechos, ahora le tocaba a ella.

Elena puso la mano directamente en el miembro rígido que los iba a unir. David estaba preparado, ella estaba ansiosa. Buscó el ángulo correcto de su cuerpo para recibirlo cuando él retrocediera.

—Espera —dijo David urgentemente—. ¿Elena, tomas precauciones?

—Eso no es... un problema —respondió suavemente.

—¿Tomas la píldora? —la miró sorprendido.

—No... No puedo... Por eso he tenido sólo a Riq.

David la miró, pensativo, negando con la cabeza:

—Espera aquí.

Fue al lavabo, encendió la luz. Un segundo más tarde la luz volvía a apagarse y David estaba de vuelta con un preservativo en la mano.

—Ayúdame —susurró y ella lo hizo.

Elena apartó las mantas, acomodándose sobre las almohadas como una maja de Goya. Lo atrajo contra su cuerpo, todavía tembloroso pero ansioso de nuevo, y se perdió en las sensaciones de la piel de David contra sus pechos y en el beso. Podría emborracharse con sus besos y su calor, la fricción de una piel contra otra piel, fiera y suave.

Pero esta vez tenía más que ofrecer. Esta vez era para los dos, y la infinita paciencia de David se estaba acabando, o eso parecía.

Elena sonrió para sí misma cuando David se introdujo haciendo cuña entre las piernas de ella, descansando todo su peso sobre el pequeño cuerpo de ella. Era agradable y ella abrió más las piernas para aceptarlo completamente, empujó hacia abajo para acoplarse mejor al cuerpo de él.

Y entonces David se deslizó hacia un lugar acogedor. Con pequeños golpes al principio, dejando que ella se fuera acostumbrando a sentir a un hombre donde ninguno había estado en bastante tiempo. Entonces fue intensificando cada movimiento, haciéndolos más largos, sintiéndola, deslizándose hacia lugares más profundos, llevándola con él, intensificando la tensión que en su momento liberarían los dos juntos.

Elena despegó con él, respondiendo a cada en-

vestida de David con una propia, sintiéndose parte
de él de una forma que sólo había soñado hacía
quince años. Antes nunca se había sentido arrepentida por esa decisión, pero ahora no estaba tan segura. Ya no estaba segura de nada, excepto de lo
bien que David y ella se entendían. De lo extraordi-
nario que era todo esto. De lo exquisito del orgasmo que se estaba empezando a gestar dentro de
ella.

Elena gemía, David gruñía como un animal. Él to-
maba, ella daba. Él ofrecía, ella recibía. Y siempre,
siempre mezclando el placer con la sed por el otro,
el ardor con el deseo, cien sensaciones que se resu-
mían en una: satisfacción.

Cuando llegó el orgasmo, Elena se dejó llevar de-
sintegrándose en cientos de pequeños trozos, cada
uno de ellos sin aliento, en tensión de tanto sentir.
Un segundo más tarde, David se unió a ella, su cara
cambió en ese último segundo de expectación. Y entonces arremetió contra ella una última, infinita vez,
liberado al fin.

Se sentían unidos, culminados de placer, sobre las
sábanas, y durante un instante se quedaron hipnoti-
zados con el ruido de los minutos que marcaba el ra-
diodespertador de la cómoda. David arrimó la
mejilla a la de ella, sintiendo la vaga aspereza de la
barba de las cinco de la tarde. Le hizo cosquillas.
Elena sonrió y le tomó la cara entre las manos.

—Ah, Elena. Ha valido la pena esperar. Todos
estos años...

—Y yo que insistía en decirte que no —dijo ella
negando con la cabeza.

—Tonta de ti —la miró, la observó sonriendo sa-
biamente—. Eres maravillosa.

—Tú también eres maravilloso. Incomparable.

Él sonrió de nuevo, con esa sonrisa sutil y enigmática, y ella se acurrucó en sus brazos para un largo descanso de ensueño. Más tarde tenía que irse a su casa. Las madres no pasan la noche fuera de casa. Pero todavía quedaba tiempo para saborear el momento, la calidez y el enigma de un nuevo principio: para ella, para su hijo, y para David.

Un rato después, él se incorporó y la besó, murmurando palabras sin sentido en su oído. Ella se revolvió, abrió los ojos y le sonrió.

—Ven aquí —susurró—. Tengo una cosa para ti.

Hicieron el amor de nuevo, más lentamente esta vez, tratando de memorizar el cuerpo del otro, dónde estaban los puntos de placer y cómo excitarlos. Fue un acto perezoso, satisfactorio y delicioso.

En las primeras horas de la mañana, Elena se iría. A casa, de regreso a su vida de viejas reglas y disciplina, de vuelta a su papel de madre, al trabajo, los principios que gobernaban su vida.

Pero para eso todavía faltaba mucho, y tenía todavía que memorizar muchos momentos para que le hicieran compañía cuando David no estuviera.

Capítulo 7

Era cerca de la medianoche, y Riq deseaba que el baile no terminara nunca. Esa noche había sido increíble. Berta era divertida y lista, y los otros chicos también pensaban que era muy guapa. Se habían cogido de la mano en la pista de baile. Riq nunca había tocado nada tan suave como su piel, ni había olido nada tan fresco como su pelo. Era imposible adivinar que trabajaba en una tienda de artículos de pesca durante los fines de semana.

Berta sola era capaz de hacer que esa ciudad le pareciera a Riq un lugar agradable.

La orquesta anunció su última canción, y Riq tomó a Berta de la mano y la llevó de nuevo a la pista de baile. El lugar resplandecía. Ni siquiera parecía un gimnasio, con todas las estrellas plateadas colgando de las vigas.

Riq la rodeó por la cintura para bailar el último lento, sin moverse apenas, al igual que el resto de las parejas en la pista. Ella le pasó los brazos alrededor del cuello, y el corazón de Riq se disparó. También le costaba respirar.

De repente se dio cuenta de que quería besarla. Nunca había tenido interés en besar a una chica, pero Berta era diferente. Ella escuchaba, entendía. Berta lo había hecho... feliz.

Sabía algo sobre besos. Los chicos hablaban de ello de vez en cuando en las taquillas. Había besos suaves y besos con lengua, y normalmente a las chicas les gustaban los suaves. Las hacían sentir especiales.

La lenta canción de amor iba subiendo de tono. Pronto se acabaría, se encenderían las luces, y la magia del momento desaparecería.

"Hazlo. No dejes pasar esta oportunidad." Riq inclinó la cabeza, rozó la mejilla de Berta con la barbilla, encontró su boca, y la besó. Suave y cariñosamente.

Y ella le correspondió.

Sintió un hormigueo, una especie de dolor. Sentía deseos de gritar el nombre de ella por toda la escuela. ¿Era eso amor? ¿Se sentía eso, el estómago dando saltos, la cabeza dando vueltas? Era algo salvaje, completamente nuevo, diferente a cualquier cosa que hubiera sentido antes.

La banda llegó al último acorde, arrastrándolo diez segundos de más, y entonces el cantante principal dijo "Buenas noches". Alguien encendió las luces que terminaron con la penumbra del gimnasio. Todas las parejas de baile se separaron entrecerrando los ojos cegados por la luz.

Se miraron el uno al otro, tímidos e inseguros:

—Lo he pasado muy bien —dijo Berta—. Gracias por haberme invitado.

—Todavía no se ha terminado.

—Ya lo sé —sonrió—. Sólo quería decírtelo, ya sabes, en privado. Me gustas, Riq.

Riq no podía creer lo que estaba diciendo Berta. Seguro que le gustaba, por algo había salido con él.

¿Pero gustarle, gustarle de verdad? ¡Caray! Nunca le había pasado una cosa como ésta.

—Tú también me gustas, muchísimo.

No podía esperar a estar a solas con ella otra vez. Solos. Así le podría demostrar cuánto realmente le gustaba.

¡Como si ella no pudiera hacerse una idea por la sonrisa juguetona de su cara! La tomó de la mano y la llevó de nuevo con el grupo.

Una semana más tarde, el viernes, Elena estaba de pie en el gimnasio de Santa Cecilia, marcando el círculo para la plataforma del concurso de pasteles. La Kermés anual era al día siguiente, el evento de recaudación de fondos más importante de la escuela. La coordinadora de padres había hecho un excelente trabajo, pero todavía quedaban mil detalles de los que encargarse antes de que la feria empezara al día siguiente a las diez. Era responsabilidad de Elena comprobar que todo estaba bien hecho.

—¡Eh! ¿Quién manda aquí? —se oyó.

Elena se giró y vio a su hermana Marisa cruzando el gimnasio con una gran bolsa en la mano y agitando un gran sobre en la otra.

Elena la saludó con la mano y esperó. La relación entre ellas estaba todavía bastante tensa, y aunque Marisa le había prometido ayudarla con la fiesta, que le recordaba con mucho cariño sus años en Santa Cecilia, Elena no se lo había recordado desde la noche en que la habían visto besarse con David.

—Estás en deuda conmigo —le anunció Marisa.

—¿Ah, sí?

—Tengo un bombazo para la subasta. Un verdadero bombazo.

—¿Como qué?

Marisa sonrió como un gato que acaba de zamparse un canario:

—He conseguido jerseys de jugadores y fotos —dijo sacando un puñado de uniformes de fútbol negros y dorados y unas cuantas fotos de ocho por diez firmadas y enmarcadas—. Cuatro asientos de primera para el primer partido de la liga —dijo agitando el sobre de nuevo—. Una cena formal para ocho preparada por el entrenador. Y un atractivo delantero que vendrá a dirigir el concurso de fútbol de las tres a las cinco. ¿Bueno? ¿Te parece suficiente?

—¡Vaya! —dijo Elena, sintiéndose un poco avergonzada por dudar de Marisa. Incluso cuando estaban a las malas, sus lazos de familia eran más fuertes que sus diferencias.

Elena rodeó a Marisa con los brazos y la abrazó:

—Las ofertas van a subir por las nubes. Vamos a ganar una fortuna. Tendremos que darle tu nombre a una de las becas de la escuela.

—Todo el mundo tiene que darse cuenta de la suerte que tienen de que tú seas la directora —dijo Marisa—. Que vean que tienes buenos contactos.

—No, tú tienes los contactos. Eres increíble, Marisa. Siempre supiste como conseguir buenos tratos.

—Sí, siempre supe —sonrió triunfante—. Y tengo otro para ti. ¿Qué te parece si me llevo a Riq esta noche? Tú vas a llegar tarde y mamá siempre sale con Doña Elvira y Doña Flora los viernes. Además no lo he visto desde el Día de los Muertos.

Marisa negó con la cabeza al recordar ese día:

—Podríamos comer algo por ahí e ir a un partido

de hockey o algo por el estilo. Te lo devuelvo mañana listo para trabajar a las nueve y media, ¿de
acuerdo? Incluso me quedaré un rato yo también
para ayudar.

No era una disculpa, pero era un principio:

—Suena fantástico. Yo lo llamo y tú lo pasas a recoger por casa.

—Estupendo. Vamos a llevarle todo esto a la
gente de la subasta. Tendrán que añadir una página
más a la lista.

Cuando acabaron con eso Marisa se fue a buscar a
Riq. Qué desperdicio, pensó Elena por un momento. Una poco común noche sola, y David estaba
trabajando.

No habían tenido un momento a solas desde que
hicieron el amor la semana pasada. Riq había estado
por ahí todo el tiempo, y o él o ella habían estado
ocupados trabajando. Las conversaciones telefónicas
no eran suficiente. David había encendido algo en
ella al tocarla, y ella estaba desesperada porque ese
fuego volviera a arder intensamente de nuevo.

Esta noche hubiera sido perfecta. Elena suspiró. No
tenía remedio. Una vez pasada la fiesta, tendría más
tiempo libre. Podría empezar a planear cómo le iba a
decir a Riq lo de David y ella. Con mucho cariño, por
supuesto, porque la idea lo iba a dejar boquiabierto.

De hecho, también la había dejado de piedra a
ella, enamorándose de nuevo de David. Y al resto de
su familia. Así que tenían que ir poco a poco, incluso si eso le molestaba a David. Cuanto más
tiempo tuviera para hacer que todo el mundo se
acostumbrara a la idea de que David había vuelto,
mucho mejor. O en el caso de Riq, que David podía
ser algo permanente.

Mientras tanto, no había nada que ella pudiera hacer respecto a esta noche, excepto trabajar. David iba a venir a la fiesta mañana. Había reclutado a unos cuantos policías voluntarios, además de los cuatro fuera de servicio que la escuela había contratado como seguridad:

" Sólo para asegurarnos que no habrá problemas. Aquel tal Eddie creó muchísimos."

Aún le entraban escalofríos cuando pensaba en lo que aquel chico podría haberles hecho a todos en Santa Cecilia. Gracias a Dios que estaba todavía bajo custodia. David dijo que podrían pasar semanas antes de que tuviera que hacer frente a los cargos.

Pero por otro lado, también le estaba agradecida. Sin él, David nunca hubiera vuelto a ser parte de su vida, o de la de Riq. Y desde que lo era, las cosas habían cambiado inmensamente.

Era más de las diez cuando Elena y el último voluntario se fueron despidiéndose con un "buenas noches", y "hasta mañana", al salir del estacionamiento. Los puestos estaban montados, los paneles para la subasta listos, y también lo estaban los juegos y otras artesanías. Elena dejó escapar un suspiro de alivio cuando subió al coche. Mañana surgirían crisis y emergencias, pero por ahora, todo estaba en orden.

Una vez en casa, se sacó los zapatos y se arrastró hasta la cocina, hambrienta. Habían pedido una pizza en la escuela, pero ella estaba en una de las casetas, y se quedó sin.

Abrió el refrigerador, pero una lechuga que llevaba ahí una semana y un poco de pan, no era un menú demasiado apetecible, y por otro lado, le llevaría demasiado tiempo preparar algo y cocinarlo.

Se acababa de sentar frente a un vaso de leche cuando sonó el timbre de la puerta.

"Mamá se habrá olvidado la llave", pensó mientras se dirigía a la puerta.

Pero no era su madre. Era David, vestido de trabajo: chaqueta, camiseta negra, y *jeans* negros. Llevaba una bolsa de papel en la mano con algo humeante.

—Tacos a domicilio —dijo a la vez que ella lo dejaba entrar.

Elena debería haber dicho hola, debería haber preguntado qué estaba haciendo él ahí si estaba de servicio, pero en vez de eso, lo único que hizo fue apoderarse de la bolsa.

—Me muero de hambre.

—Yo también —dijo él en voz baja—. Pero no de comida.

La agarró jugetonamente pero ella se soltó y escapó con la bolsa de comida. Sin nada en las manos, David la siguió a la cocina, donde Elena ya había abierto uno de los paquetes de papel aluminio. Sin molestarse en buscar un plato, se llevó a la boca el taco de pollo bañado en pico de gallo.

—Delicioso —murmuró, lanzándole una mirada con los ojos medio cerrados—. ¿Cómo lo supiste?

—Suerte, supongo. Pensé que al menos, podría convencer a Riq de comerse un par —David abrió uno de los tacos y empezó a comer—. Por cierto, ¿dónde está? ¿No estará ya en la cama?

—Con Marisa —respondió terminándose el taco y abriendo otro, de camarones esta vez—. Se queda a pasar la noche con ella.

—¿Y nosotros estamos aquí comiendo tacos? —inquirió David firmemente engullendo el último trozo del suyo—. Cuando podríamos estar...

Tomó un extremo del de Elena y se lo puso en la boca. Tres mordiscos después sus labios se encontraron en el medio, mezclándose con los sabores de carne a la brasa, tomate, y cilantro picante. Mantuvieron ese beso un largo momento en que David la rodeó con sus brazos y le pasó los dedos por entre el pelo. Por su parte, Elena entrelazó las manos alrededor de su cuello y lo atrajo todavía más hacia ella.

Sus lenguas se encontraron, se entrelazaron recibiéndose la una a la otra insinuando una intimidad superior mientras establecían su propio nivel de deseo y lujuria. Satisfecha su hambre más inmediata, Elena sentía ahora un hambre de otro tipo, de David, de que todo él colmara el cuerpo de ella.

Se dieron la vuelta juntos, cabezas y cuellos y brazos. Con los brazos todavía alrededor de ella, dejó que una mano empezara a descender, sacándole la blusa por fuera de la cintura de los pantalones. Deslizó la mano desabrochándole todos los botones.

—Fue más fácil la otra vez —murmuró al desabrochar el último botón y sacarle la blusa por los hombros.

—La otra vez teníamos más tiempo —contestó ella deslizándole la chaqueta por los hombros y tirando de la camiseta que llevaba debajo.

—Tenemos tiempo de sobra. He cambiado algunos turnos con los compañeros. Estoy libre hasta el lunes.

Pero nunca lo hubiera dicho por la rapidez con que la estaba desnudando. En su apresuramiento le arrancó el botón del pantalón que salió dando brincos por el linóleo. Las ropas fueron cayendo en una pila a sus pies. David le acarició los hombros desnudos, la suave piel de la cintura.

Elena se sintió expuesta de alguna manera, y no

sólo de la que parecía más evidente. Nunca había hecho el amor en la cocina. Le parecía escandaloso y perverso, completamente erótico. Urgente, como si no pudieran contener la necesidad que sentían el uno por el otro para subir al piso de arriba. Elena buscó a tientas el cinturón de David y el botón de sus *jeans,* los desabrochó y tiró de la cremallera. David dejó de acariciarle el pelo un momento para ayudarla a quitarle los pantalones. Se puso las manos en los bolsillos y tiró de ellos hacia abajo. Elena terminó la tarea quedándose de piedra al ver que no llevaba ropa interior.

—Oh, Di... —susurró al ver como el cuerpo de David se mostraba libre, completa y gloriosamente desnudo.

Elena se agachó, acariciándole las piernas al bajarle los pantalones completamente. David se quitó los zapatos y se deshizo definitivamente de los pantalones. Le tomó la cara entre las manos cuando ella empezó a emprender su camino ascendente de regreso.

—Ahí —rugió David cuando ella alcanzó la geografía de su cuerpo donde ambas piernas se unían al tronco—. Sí, Elena, eso.

Ella lo besó ahí, en esa plenitud que prometía tanto placer de tantas formas distintas. Lo acarició con la lengua, lo contuvo en su mano, le ofreció la dulce humedad de su boca.

Él la aceptó retorciéndose y gimiendo, sintiendo el calor de su boca. David amenazaba con sobrepasar los sentidos de Elena: su sabor, su olor, la magnifica visión de su cuerpo. Estaba duro como una roca y sin embargo sedoso al tacto de la lengua de Elena, y gemía profundamente al contacto de su boca.

Elena cerró los ojos un momento, asustada de

sentirse desbordada sensorialmente. Era maravilloso, esa nueva forma que había hallado de hacer que David gimiera y se retorciera.

Probó a ver qué pasaba si se separaba de su cuerpo. Él rugió todavía más profundamente y la llevó de nuevo contra él, suplicándole que no parara.

Ella sonrió, con la confianza en sí misma renovada, y se entretuvo donde él le había pedido. Le pasó la mejilla por el muslo, dejando que él jugara con su pelo. Le hizo cosquillas con la nariz en la cicatriz.

—Dios mío, Elena —rugió David con voz todavía más ronca—. Eres maravillosa.

—Al estar contigo me transformo —susurró Elena, y era verdad. Con David no sentía inhibiciones. A él no le daba vergüenza pedir lo que le apetecía, y a ella no le daba vergüenza dárselo.

Y entonces ya no hubo más tiempo para pensar. Ella lo tomó en su boca y le dio placer, suave y con cariño, fuerte y rápido. David se tumbó contra la mesada de la cocina, y ella se aferró fuertemente a la parte superior de las piernas de él.

David se agarró a la cabeza y el pelo de Elena, una mano enterrada en la oscura masa de pelo, y la otra haciéndole cosquillas en la mejilla suavemente con un dedo. Entonces abrió una de las manos y le dio un condón sellado y enrollado a Elena.

—Ahora —dijo profundamente.

Ella se las arregló con destreza para romper el paquete y colocárselo, alisándolo con los dedos hasta dejarlo bien tenso. David volvió a rugir y la levantó del suelo atrayéndola contra él. La besó y compartió con ella los sabores que llevaba en la boca, mientras, con la otra mano desabrochaba el cierre frontal del sostén mandándolo por los aires. En un segundo le había quitado los *panties* también, y Elena se dio cuenta de lo lista que estaba, líquida y derretida.

Todavía contra la mesada, David la levantó, se puso las piernas de Elena alrededor de la cintura y la colocó en posición para que lo recibiera. Con un grito gutural, ella dejó que David la colmara, que colmara el vacío sobre el que no había tenido tiempo ni energía para pensar hasta que David había reaparecido en su vida.

Ahora parecía no tener nunca suficiente. Apretó sus pechos contra el pecho de él, sintiendo el contraste de la suavidad de su piel contra el fino pelo del pecho de David. Elena se agarró fuertemente al cuello de él y se acopló totalmente meciéndose contra él.

David había estado a punto un segundo antes, y en cuanto empezó a moverse con Elena, no tardó mucho en volver a sentirse al borde. Empezó suavemente, pero la fiebre se apoderó de él, llevándolo hacia un rápido y fiero orgasmo.

David cerró los ojos y empujó una última vez profundamente dentro de ella. Con un grito gutural se quedó pegado a ella, agarrándola tan fuerte que Elena apenas podía respirar.

Un segundo más tarde, David relajó su tensión en el cuerpo de ella, y escondió la cabeza entre el hombro y el pecho de ella. La capa brillante de sudor que tenía en la frente mojó la piel de Elena.

—Ah, Elena —dijo y su aliento le mandó a Elena un escalofrío por el brazo donde había dejado su sudor—. Dulce, dulce Elena. Estoy en deuda contigo.

Ella podía sentir la sonrisa de David contra su cuello, y como respuesta se retorció sugestivamente contra él.

Él la cargó hasta la mesa de la cocina y le hizo el amor lenta y dulcemente. Las baldosas se sentían frías contra la piel, pero no por mucho tiempo, en cuanto David empezó a besar su cara, su cuello, sus pechos, su abdomen. Jugueteó con las manos por todo el cuerpo de ella, haciéndole cosquillas, haciéndola sufrir, haciéndola retorcerse con movimientos ondulantes con un fuego encendido pero no satisfecho todavía.

Elena suplicó y rogó, pero nada de lo que dijera hizo que él variara su curso. Se estaba tomando su tiempo con ella, llevándola al borde del placer, y entonces tirándose hacia atrás, y haciéndola esperar otro delicioso momento devastador. Elena sufría, gemía, pero esperó hasta que pensó que se iba a volver loca de tanto esperar.

—Ahora —le instó a David, pero él sólo sonreía y la acariciaba más despacio, manteniéndola tensa y sólo a un paso de distancia de la liberación total. Finalmente Elena se estremeció toda sintiendo un deseo imparable, ni siquiera cuando David apartó sus manos y su boca consiguió detenerlo.

David sonrió triunfante y volvió a sus quehaceres. Manos y boca estaban ahora por todas partes, acariciándola con caricias ligerísimas de pluma que, segundos más tarde la hicieron entrar en un espiral de abandono y placer.

Elena no pudo decir una palabra hasta por lo menos un minuto después de volver en sí. Estaba simplemente ahí tumbada, rendida como resultado del aturdimiento del placer, sin querer que David se fuera, sin querer moverse ella.

—¿Valió la pena esperar? —le tomó el pelo cariñosamente besándole la barbilla.

Ella asintió medio desmayada, como si el esfuerzo de mover la cabeza fuera superior a sus fuerzas.

Él la tomó en sus brazos y la subió por las escaleras hasta el dormitorio. Quitó la colcha de flores, y las rígidas sábanas de tergal. Dejó a Elena sobre la cama y se colocó a su lado.

—Mmm, esto es tan agradable —susurró David sugestivamente, hundiendo la cabeza en el hueco del hombro de Elena.

—Demasiado agradable —dijo Ella con arrepentimiento—. Me gustaría que pudieras quedarte toda la noche.

—Pide y se te concederá —le ofreció generosamente.

Elena sacudió con la cabeza, y su pelo se agitó sobre la almohada:

—Tu sabes que no puedo. Están mis vecinos, mi familia y la escuela...

—Podemos hacer cualquier cosa, mientras yo me vaya antes de la media noche, ¿verdad?

—Más o menos.

David le echó una ojeada al reloj de la mesita de noche:

—Entonces sugiero que utilicemos bien esta última media hora.

Elena ronroneó como todo consentimiento mientras lo besaba, cuello, hombros, brazos, preparándose para unir sus cuerpos una última vez en fuego y deseo.

¿Desde cuando era Elena tan imprescindible para él?, pensó David a la mañana siguiente mientras se dirigía a Santa Cecilia. ¿Fue cuándo le presentó a Riq dándole algo más de lo que cuidarse además de su trabajo? ¿Fue el día que fueron a pescar? ¿La noche que la besó por primera vez? ¿Aquel día conflictivo en el cementerio, o aquella noche en que se rieron tanto recordando? No podía precisar el exacto momento, pero había sucedido.

Necesitaba a Elena en su vida, en todos los sentidos. Y también quería a Riq.

Los amaba.

Y no quería mantenerlo en secreto por más tiempo. Quería cortejar a Elena abiertamente, construir una vida con ella, criar a su hijo y aceptar cualquier milagro que Dios considerara oportuno enviarles.

Se sentía feliz de estar vivo, de buscar a Elena. Pancartas llenas de colorido se movían con la brisa del viento de otoño, y el aire estaba lleno de un olor a pollo y ternera a la brasa que venía del fondo del patio de juego. La gente iba de las carpas a las mesas cargando bolsas y cajas, finalmente preparados para los amigos y familia que habían hecho de la feria un éxito.

David la encontró cerca de la rueda de la fortuna, uno de los juegos para los niños, con un premio cada vez que se hacía girar la rueda. Elena estaba hablando con cuatro agentes de policía uniformados, explicándoles las preocupaciones de la escuela en relación a temas de seguridad y dinero.

—Cuiden bien de esta señora y de la feria —dijo David acercándose. Le pasó un brazo alrededor del hombro y la estrujó con cariño, sólo una vez. Cuando retiraba el brazo añadió con falsa seriedad—: O de lo contrario se las tendrán que ver conmigo.

—Cualquier cosa menos eso —exclamó uno de ellos.

—¿Qué estás haciendo aquí? —preguntó otro— ¿También trabajas?

—Sólo estoy tomando precauciones —dijo David más seriamente—. Dos detectives más se pasarán por aquí también. Ya saben lo que pasó el mes pasado. La Sra. Santiago es una vieja amiga.

—Vaya, vaya —dijo un tercero, sin creerse las últimas palabras inocentes de David—. No se preocupe, Sra. Santiago. Hoy no va a haber ningún tipo de problemas. Vamos a estar por todos lados.

—Gracias, agentes —contestó Elena a la vez que los agentes desparcían por las cuatro esquinas de la feria—. Y tú, haz el favor de comportarte. Este no es el sitio ni el momento.

—¿Cuándo entonces, Elena? Anoche no fue suficiente.

—Más tarde. Pero no ahora —Elena empezó a alejarse de la zona al ver venir a un grupo de chicos en busca de juegos—. Ahora más vale que cooperes o te mando a casa.

—Está bien, está bien. —David se colocó a su lado lo suficientemente cerca como para sentir el calor del cuerpo de ella, pero no lo suficiente como para tocarla—. Pero esto es una tortura, Elena —añadió suavemente—. Deberíamos poder ir tomados de la mano, o...

—¡No! —ella sonrió a la vez que contestaba como si estuviera hablando con uno de sus incrédulos estudiantes, y a pesar de la frustración que sentía, David sintió otro arrebato de amor. Incluso cuando ella se ponía más estrecha de miras, él no podía resistirse. Se había colado en su corazón y en su alma, y no había escapatoria.

—Incluso si te dijera...

—¡Basta! —Elena sacudió la cabeza acelerando el paso y saludando con la mano y con algunas palabras cordiales, a padres, estudiantes, colegas y religiosos de la parroquia.

La feria llenaba todo el recinto de Santa Cecilia así como el césped al lado de la iglesia del otro lado de la calle, y el rectorado de la parroquia. Muchas de las clases se estaban utilizando también para jugar, para pintar caras, o como guardería para los niños más pequeños.

—Es divertido ver a todos pasándoselo tan bien —dijo Elena cuando terminaron de dar la primera vuelta alrededor de la feria—. Mira, incluso el padre Allen se ha quitado la sotana.

Elena saludó con la mano al sacerdote vestido con camisa roja y chinos azules y que estaba comiéndose una pata de pollo. Él le devolvió el saludo y le dijo:

—¿Le gusta mi camisa? Así no se verán las manchas.

Unas yardas más allá, un grupo de niños chillaba por la emoción ante tantos juegos y cubos con juguetes y premios de plástico.

—Todo esto es obra tuya, Elena —dijo David en tono de reconocimiento—. Montar todo esto es un infierno de trabajo, pero tú lo has conseguido.

—Es mérito de los padres —replicó ella—. Llevan años haciéndolo. Yo me he limitado a seguir instrucciones y a encargarme de los detalles.

—Bueno, parece que todo el mundo lo está pasando bien.

—¿No te acuerdas de esto cuando éramos jóvenes? Esperábamos todo el año a que llegara la feria.

—Sí, pero nunca era tan grande. Unos cuantos juegos, el puesto de la comida, y la cena. Pero esto... —David gesticuló refiriéndose a todo lo que los rodeaba—, es increíble.

—Vamos. La música va a empezar. —Elena le tomó la mano instintivamente, pero enseguida se dio cuenta de lo que acababa de hacer, e inmediatamente lo soltó.

David se sonrió de su pequeño desliz, con nuevas esperanzas. Un desliz de ese tipo significaba que Elena no estaba pensando tanto en comportarse apropiadamente, sino simplemente en ser ella misma. Elena. La mujer por la que él sentía deseos en todos los sentidos.

—¿Dónde está Riq? —preguntó David.

—Estuvo ayudando a mamá a traer los tamales al puesto de la comida. Además un par de amigos de la escuela iban a venir, y esta noche ha quedado con su amiga, Berta, para la cena y el concierto. Su padre la va a traer.

—Oohh, ¿esto va en serio? ¿Crees que debería tener una charlita con él?

Elena le lanzó una mirada de burla:

—Ya la hemos tenido, la charlita. Pero gracias de todos modos. Además, sólo tiene catorce años. Ya sé que a los catorce años se hacen todo tipo de cosas, pero espero que él se aguante un tiempecito. Este año ha sido muy duro para él. Espero que pueda volver a disfrutar de ser simplemente un niño, sin exigirse demasiado a sí mismo.

Pasaron las próximas horas escuchando música y rondando de caseta en caseta, haciendo relevos para que los trabajadores pudieran descansar, haciendo pequeños recados, encargándose de reemplazar los tanques de refrescos cuando se vaciaban. Después se separaron. David se fue a dar una vuelta con los agentes de servicio, y Elena se fue a cumplir con su permanencia en la zona de la subasta, a donde gracias a la contribución de Marisa, se dirigían como moscas a la miel todos los aficionados al fútbol.

—Hola, chica —era la voz de Marisa que salía de la nada—. ¿Qué? ¿Soy el plato fuerte de la subasta o no?

Elena la saludó con la mano y ayudó a otro cliente a colocar una oferta en la subasta:

—Está siendo realmente fantástico para atraer a la gente —contestó entusiasmada—. Se acercan para ofertar en lo que tú has traído, y entonces ven el resto de cosas y ofertan por ellas también. Hasta ahora está yendo de maravilla.

A Marisa se le puso una enorme sonrisa de satisfacción en la cara.

—Sí señora, es usted fantástica —concedió Elena y a continuación cambió de tema—. ¿Qué tal con Riq anoche? Lo he visto por ahí, pero no he hablado con él.

Marisa se puso más seria:

—Se comportó muy... normal. No mostró esa actitud suya, ni nada. Estuvimos hablando como no lo hacíamos desde que ustedes volvieron. Amigos, escuela... parece sentirse más contento. Sintiéndose parte de todo esto.

—¿Tú crees? —dijo Elena ansiosa—. Yo también lo he notado y me sigo preguntando si no serán ilusiones mías.

—Parece que es de verdad. ¡Y hasta habla de chicas! —se rió Marisa—. Bueno, de una chica.

—Debe ser de Berta. Es una chica muy agradable. Creo que va a venir esta noche.

—Eso es lo que él me dijo. Y que a lo mejor David vendría también.

Elena se puso rígida de repente:

—Sí. Por aquí anda.

Marisa dijo lentamente como en tono de secreto:

—Riq dice que David va mucho por casa.

—¿Y?

Un puñado de clientes se acercaron y Elena tuvo que encargarse de sus ofertas y de colocarlas en el panel. Marisa sonrió al ver que las ofertas por la cena con el entrenador superaba una cifra de cuatro números, y a continuación añadió otra oferta que superó a la anterior.

Cuando los clientes se alejaron para interesarse por los paneles de otras ofertas, Marisa continuó:

—Escucha, Elena. Sobre David, ¿a Riq le gusta?

—David sabe un montón de historias de Luis. A Riq le gusta eso. Les hace... conectar.

—¿Y qué hay de ti y de David?

Elena se puso colorada al verse sin salida:

—Estamos juntos. Pero no estamos publicándolo, ¿sabes? Quiero ir poco a poco.

Marisa asintió:

—Buena idea. Muchos de nosotros todavía nos acordamos.

—Marisa, ya estoy crecidita —dijo Elena en tono de aviso.

—Ya lo sé. Y si David tiene remotamente algo que ver con el cambio de Riq, tal vez yo... estaba equivocada respecto a él.

Elena miró a su hermana sin poder creer lo que acababa de oír:

—¿Es posible que haya oído que tú has admitido estar equivocada?

—Tal vez —contestó Marisa desviando la mirada y saludando a un grupo de conocidos. En voz baja, añadió—: Me gusta lo que está pasando con Riq. Y si David está ayudando con ello, bueno... ¿qué te parece si prometo mantener una postura abierta hacia él?

Elena sonrió:

—Eso sería fantástico.

—No estoy totalmente convencida. Pero tal vez podría estar bien. Quiero decir que... al fin y al cabo la gente puede cambiar y crecer.

—Exacto. Y si no, mírate a ti.

Marisa le dio un ligero puñetazo a Elena en el brazo:

—Deja eso. A mí solamente me gusta pasármelo bien. Eso es todo.

—Bueno, pues has venido al lugar adecuado. ¿Te vas a quedar todo el día?

—Hasta las cinco, cuando el defensa termine con el concurso de fútbol. De hecho, tengo que ir a recogerlo a su condo. No estaba seguro de saber encontrar el camino —dijo con voz mimosa Marisa.

—¡Marisa! ¿Vas a salir con él después?

Marisa sonrió y se encogió de hombros:

—Probablemente. Tengo que irme.

Salió del puesto y se dirigió hacia el gentío:

—Ven al concurso de fútbol más tarde. Estaré por ahí.

Y desapareció entre el gentío. Elena sintió que se había quitado un gran peso de encima. Era doloroso estar en malos términos con su familia, incluso cuando no sabían realmente lo que estaba pasando. Pero si Marisa podía entenderlo, había muchas esperanzas para el resto de ellas. Especialmente si Marisa se ponía de su lado.

Elena sonrió y saludó a otro grupo de clientes, y continuó aumentando las ofertas de la subasta que iría a parar a los fondos de las becas. No podía imaginarse que el día pudiera ser mejor.

El crepúsculo estaba cayendo y la hilera de luces que cruzaba el patio de la escuela, parpadearon al encenderse. Las familias con niños pequeños ya se habían ido. Quedaba un público más de adolescentes y adultos. Desde el escenario la orquesta tocaba canciones bailables al estilo de Louisiana, y sólo ocasionalmente hacía pequeñas escapadas más hacia el sur interpretando ritmos de salsa o caribeños.

David encontró a Elena bailando un dos-pasos con el padre Allen. Elena sonreía como una niña, lo suficiente relajada al final como para dejarse llevar y disfrutar. La feria iba a durar todavía tres horas más, pero el éxito del día ya estaba asegurado. Los otros agentes de policía le habían dicho a David que ya habían hecho tres viajes a la caja de seguridad de la iglesia, con cajas llenas de dinero en efectivo, cheques y transacciones hechas con tarjetas de crédito.

—Muchas gracias, querida. Estás haciendo un trabajo maravilloso. Estoy muy orgulloso de ti. Y ahora tengo que ir en busca de algo para beber. ¡La gente joven me destroza!

Desapareció entre la multitud sonriendo y saludando a la gente por su nombre. David le tocó a Elena en el hombro cuando la orquesta empezó a afinar para tocar la siguiente canción.

—Es mi turno —dijo tomándola de la mano.

Elena empezó a tirarse hacia atrás, pero de repente se encogió de hombros y regresó a su lugar:

—Si puedo bailar con el padre Allen, también puedo hacerlo contigo.

Y esa era exactamente la excusa que David tenía preparada. Pero ya no tuvo necesidad.

La orquesta se lanzó con otro tema de rock y David y Elena empezaron a moverse, agacharse y dar vueltas. Elena estaba sin aliento de las veces que David la hacía girar, y la atraía hacia dentro y hacia fuera. Sus ojos oscuros brillaban bajo la hilera de luces que tenían sobre sus cabezas. Tenía las mejillas rojas y sentía el pecho pesado por la concentración agotadora para no equivocarse en los intrincados pasos. Parecía como si no se lo hubiera pasado tan bien en meses.

La canción terminó y la siguiente empezó con un ritmo mucho más suave. Se trataba de un precioso vals Cajun. David rodeó a Elena por la cintura, y ella le pasó el brazo por el hombro, y empezaron a dar vueltas y a deslizarse por la pista de gravilla con medio centenar de parejas más.

Elena estaba hermosísima, pensó David, sonriente y con la cara iluminada. Esa era la mujer que él quería, la mujer a la que amaba. Una sensación de urgencia se apoderó de él. Tenía que decírselo. La vida era demasiado corta, todo el mundo lo sabía. Él quería que las suyas empezaran en ese preciso momento.

A cada canción, el público había ido creciendo. Los espectadores se amontonaban alrededor de la pista, haciendo palmas y cantando todos juntos.

Riq estaba de pie en el borde de la pista junto a Berta, manteniendo la mano de ella cerca de él, y preguntándose si ella querría bailar. Berta seguía el ritmo de la música con el pie y el resto de su cuerpo.

A Riq no le importaba bailar enfrente de sus compañeros de clase, porque al fin y al cabo, ninguno de ellos sabía bailar. Pero había bailarines realmente buenos esa noche, y él no podía competir con ellos.

De ninguna manera. Quizá podían quedarse escuchando la música.

—Vamos, Riq —dijo ella después de un par de canciones más tirando de él hacia la pista—. Es muy fácil.

Tomó las manos de él entre las suyas:

—Así. Paso, paso, giro. Paso, paso, giro. Tú eres el chico, así que tú decides dónde girar.

Bueno, parecía que podía hacerlo. Ahí, en el extremo, donde nadie pudiera verlos. Por Berta. Podía hacer lo que fuera por ella.

La había vuelto a besar después de la cena esa noche, en el fondo, detrás del cobertizo del guardia. Esta vez había sido un beso de verdad. Había sido suave y profundo, húmedo y maravilloso, todo al mismo tiempo. Había sido sensacional. Berta era sensacional.

No sabía la suerte que había tenido de haber conocido a Berta. Ni que a ella le gustara él. Pero ahí estaban, juntos.

—Oye, ¿ésa de ahí no es tu madre? —le dijo Berta al oído. El contacto de su aliento le hizo poner la carne de gallina—. ¿No deberíamos decirle hola?

Riq ni siquiera miró hacia donde Berta había dicho. No podía sacar los ojos de encima de ella:

—No. La vi hace un rato. Está trabajando.

—No. Está bailando.

Entonces Riq giró la cabeza. Berta tenía razón. Su mamá estaba bailando, y con David.

Eso era un poco extraño. Su madre nunca había bailado antes, no con su padre. No tenía idea de que supiera hacerlo.

Ahora David se estaba inclinando para decirle algo al oído a su madre.

Y a continuación, la estaba besando.

Capítulo 8

David la estaba haciendo sentir mareada con todas esas vueltas y más vueltas, pensó Elena. No estaba acostumbrada a eso. Hacía muchos años que no bailaba. Se lo había perdido. Se había perdido la sensación de la aceleración hasta quedarse sin aliento, la sonrisa que automáticamente brotaba de su boca en cuanto empezaba a moverse.

Eran tantas las cosas que se había perdido durante el último año. Pero ahora todas estas posibilidades se presentaban frente a ella, esperando que eligiera la que más le gustara.

Y la más sorprendente de todas era David.

Él la había ayudado a encontrase a sí misma y a salir de su entierro de dolor y preocupación. Había recuperado su vida, sus posibilidades. Él la había ayudado a creer que mañana podía ser algo bueno de nuevo, para ella y para Riq.

Incluso Marisa lo admitía ahora.

¿Podía eso ser posible? ¿Podía su pasado con David convertirse en su futuro?

David tiró de ella y la hizo girar muy cerca, después hacia fuera, y de nuevo hacia él, con los brazos cruzados, la espalda de ella contra el pecho de él. Se incorporó y le susurró al oído:

—¿Elena Chávez Santiago?

Escuchar su nombre en la boca de David hizo que un escalofrío le recorriera la espalda:

—Sí, ¿David Daniel Moncloa?

—Te quiero.

¿Le estaba leyendo la mente? ¿Cómo sabía él que eso era exactamente lo que ella estaba pensando?

Miró hacia arriba para encontrarse con la cara de David, sorprendida y perdiendo el paso. ¿Cómo podía él seguir sobre sus pies cuando casi había hecho que ella se desmayara?

David se acercó ligeramente, la mantuvo en equilibrio, la hizo seguir moviéndose:

—He dicho que te quiero, Elena —repitió—. *I love you.*

—D-david —tartamudeó ella abrumada, insegura repentinamente. Una cosa era pensarlo, otra muy diferente para David decirlo en voz alta—. Yo, tú, nosotros...

—Lo que tienes que decir es: *"Yo también te quiero"* —dijo David con una sonrisa. Y entonces dejó de hablar, inclinó su cara sobre la de ella y la besó en la boca.

Fue rápido pero preciso, y el beso continuó transmitiendo toda la tórrida pasión de cuando hacían el amor. Y de repente se había terminado, casi tan pronto como había empezado, y David la estaba haciendo girar fuera del círculo de sus brazos y de nuevo hacia dentro con una vuelta más.

Te quiero, te quiero, te quiero. Sus palabras hacían eco en su cabeza a cada paso que daba. Se sentía maravillosa, emocionada, como si nada en el mundo pudiera tocarla con David a su lado.

Él tiró de ella hacia él de nuevo, con las mejillas casi tocándose, y le susurró al oído:

—¿Te casarás conmigo?

Él la miraba con tanta ternura que le llenó el corazón de gozo.

—¿Lo dices de verdad? —preguntó Elena incrédula. ¿Podía estar esto pasando? ¿Podía ser que David y ella tuvieran finalmente una posibilidad de estar juntos, para siempre?

—Sí —susurró él—. Cásate conmigo, Elena.

Elena se dejó llevar por sus palabras moviéndose hacia él al ritmo de la música. Quería recordar ese momento para siempre, ese fino instante de cristal en que todo parecía posible. En que su corazón estaba lleno de tanta esperanza.

Y la certeza de su respuesta a esa pregunta.

Riq se quedó helado donde estaba mirando a su madre y a David. No podía creer lo que estaba viendo.

O tal vez sí podía. De cualquier forma, no le gustaba. No estaba bien. Era... extraño, horrible.

—Ese no... no es mi... padre —susurró profundamente, retirando la mano de la de Berta.

La música terminó y la gente empezó a aplaudir otra vez. Riq los ignoró a todos y siguió mirando cómo su madre miraba a su tío.

—¡No! —dijo desde lo más profundo de la garganta. En un ataque de rabia se abrió camino entre la gente a ciegas.

—¡Riq! —lo llamó Berta a voces y salió tras él—. ¡Espérame! ¡Riq!

La gente les echaba miradas de desaprobación por los codazos que iban dando Riq y Berta a medida que se abrían camino entre la multitud en dirección a David y Elena. Riq no sabía lo que iba a hacer, sólo que tenía que llegar hasta ellos, tenía que mostrarles lo... lo enfadado que estaba.

¿Cómo podían haber hecho eso? Era repugnante. No podía comprender cómo era posible que toda la gente no los estuviera abucheando y gritando.

—Riq, cálmate —le dijo Berta desde detrás. Lo agarró de la mano, pero él la retiró de un tirón y se lanzó con más fuerza contra la gente. No quería que ella tratara de hacerle sentirse mejor. Quería estar enfadado.

David estaba mirando a su madre todavía, y ella le sonreía como una idiota, tiernamente, con una mirada de estúpida.

¡Dios mío! Era odioso.

Llegó hasta ellos un segundo después y se los quedó mirando con una furia silenciosa deseando que hubiera algo, cualquier cosa que él pudiera hacer para mostrarles lo odiosos y repugnantes qué eran.

Elena abrió la boca pero no supo que decir. A Riq le zumbaban los oídos aplacando el ruido de la gente y de la música que empezaba de nuevo.

Se sentía mareado y enfermo. Sentía que iba a vomitar. Se los quedó mirando un segundo más, largo y frío, y después se dio la vuelta y se volvió a meter entre el gentío.

—¡Riq! ¡Vuelve! ¡Háblame! —chillaba Berta al pasar por delante de David y de Elena como un rayo, siguiendo a Riq de nuevo entre la masa de bailarines.

La mandíbula de Elena se estremeció:

—Oh, David —murmuró horrorizada—, nos ha visto. Dios mío, ¿qué hemos hecho?

David miró por encima de la multitud y vió a los dos adolescentes dirigiéndose hacia el edificio de la escuela. Tomó la mano de Elena y empezó a seguirlos tirando de ella para que lo siguiera.

Elena iba dando pasos mecánicos con la mente totalmente fuera de sí. Era una loca y una idiota. ¿Cómo había podido permitir que David le dijera esas cosas? ¿Cómo había podido dejar que la besara en público? ¿Cómo había podido anteponer sus propios deseos a los de Riq por un momento?

Había querido tener tanto cuidado, y ahora en un solo momento de descuido, había perdido la cabeza y lo había echado todo a perder. ¿Qué le iba a decir a Riq? ¿Cómo iba a explicárselo?

No podría.

Los quería a los dos, a David y a Riq. En su vida, los unos en la vida de los otros. David y Riq: amante, hijo, tío, sobrino, figura paterna. ¿Pero en nombre de qué Dios podría hacer esto ahora? Había hecho algo imperdonable. Y Riq sabía cómo guardar rencor.

Con un movimiento fuera de tiempo había mandado a su hijo en una regresión de meses. ¿Cómo iba a poder perdonarla? ¿Cómo iba ella misma a poder perdonarse? ¿O a David, por tentarla hasta el punto de hacerle olvidar las reglas?

Llegó al campo de la escuela mirando por todos lados, buscando señales de su hijo y de Berta entre el apretujado gentío. Nada.

—Elena —dijo él al llegar a los escalones de la escuela— ¿Tienes una foto de Riq?

Elena sacó su monedero del bolsillo delantero,

donde lo había metido esta mañana para no tener que llevar un bolso todo el día. Al abrirlo sacó la foto de la escuela del año anterior. Riq sonreía, con cara abierta e inocente. Era antes de que su padre muriera. Antes de que su madre hubiera olvidado a su padre, y hubiera besado a su tío en público.

David le mostró la foto a los agentes de servicio:

—Mantengan los ojos abiertos en busca de este chico —les dijo—. Se llama Riq y es posible que esté con una chica. Tenemos que hablar con él. Envíenme un mensaje al *beeper* si lo ven. Ah, y préstenme una linterna.

—¿A dónde habrá podido ir? —dijo Elena, con la voz al borde del pánico—. Piensa, David. Tengo que hablar con él, tratar de explicarle...

Por inútil que pudiera ser.

—Elena, ¡cálmate! —insistió David—. Está cerca. Buscaremos por los campos, y después llamaremos a la madre de Berta, y al resto de sus amigos. Y a tu familia. Si no lo encontramos, organizaré un equipo de búsqueda. No podemos pasar el parte de su desaparición todavía, pero haré que de forma no oficial algunas personas empiecen a trabajar en el caso. Y tú te vas a casa a esperar.

—¿Esperar? —la voz de Elena brotó amenazadora—. Mi hijo se acaba de escapar, es de noche, ¿y yo me voy a ir a esperar? De ninguna manera.

—Tienes razón —se arrepintió David al cabo de un momento—. Estamos juntos en esto, Elena.

Ella se volvió hacia él:

—¿Cómo ha llegado a pasar esto? —chilló— ¿Cómo hemos podido ser tan egoístas?

—Lo siento —dijo bruscamente—. No lo siento por haberte dicho lo que siento o por haberte besado. Lo siento por... esto. No quiero hacerle daño a Riq, ni a ti, Elena.

—Pues ya se lo hemos hecho —se lamentó ella—. ¿Cómo he podido? ¡Soy su madre!

—Hay muchas cosas a las que echarles la culpa —dijo David rígidamente—. Debemos concentrarnos en encontrarlo primero.

Cruzaron el perímetro del edificio. David iba enfocando con la linterna que le habían prestado, buscando por cada esquina, por entre el paisaje. Lo único que vieron fue un par de ardillas. Ningún adolescente desairado.

Se movieron hacía el exterior, hacia los módulos para clases, y los cobertizos de los guardias. Nada encima o debajo. Elena metía las llaves en cada cerradura buscando y buscando. Pero todo estaba en orden sin rastro de Riq.

Cruzaron por entre la gente que volvía a escuchar música. Nada.

—Dentro —dijo David, y se dirigieron al edificio de la escuela.

El corazón de Elena latía con fuerza mientras subía las escaleras de la escuela, la palma de su mano fría y pegajosa resbalando por la barandilla.

¿Dónde estaba Riq?

Había gente sentada pasando el rato en las clases, recogiendo sus casetas y sus mesas.

—Estoy buscando a Riq —dijo ansiosamente a cada grupo mostrándoles su foto—. Mi hijo. ¿Lo han visto por aquí?

Nadie lo había visto, ni en las clases, ni en los baños, ni en el gimnasio o la cafetería. Así que se fueron a buscar en los lugares más cercanos a la feria: la biblioteca y los armarios de los guardias. Riq y Berta no estaban en ningún lugar donde pudieran ser encontrados.

—Vamos a tu oficina —dijo David con brevedad—. Tenemos que hacer algunas llamadas telefónicas.

Elena normalmente se sentía segura y al mando cuando estaba ahí, pensó al abrir la puerta. Pero esa noche todo eso se había evaporado. Era sólo una madre con un hijo desaparecido. Y la única culpable era ella misma.

Las llamadas resultaron ser inútiles. Los amigos de la escuela se habían ido todos a casa antes de la cena, y Riq no estaba en casa ni con sus tías. Nadie lo había visto.

—Estuvo aquí hace un par de horas —dijo la madre de Berta a la que Elena llamó en último lugar desesperadamente—. Los dos se dirigían a la feria de Santa Cecilia. Debo ir a recoger a Berta dentro de media hora frente a la iglesia.

—Gracias. La espero allá.

Elena le contó la historia a David y añadió ansiosa:

—Déjame hacer esto a mí. Tú ve a organizar a los otros agentes. Estamos perdiendo tiempo.

—Berta es la última persona que lo ha visto. Tengo que hacerle algunas preguntas.

Elena gruñó con la cabeza entre las manos:

—No puedo creer que esté pasando esto. En mi peor pesadilla...

David se acercó a Elena para abrazarla, consolarla, pero ella se apartó de él:

—No me toques. Ahora no. Justamente por eso estamos metidos en este problema.

—No hay nadie aquí, Elena. Sólo nosotros —dijo suavemente—. Estoy tan preocupado como tú. Y yo necesito abrazarte.

—No.

—Sacándome de en medio no vas a solucionar nada.

—Pero encontrando a Riq, sí —dijo levantando la barbilla y tratando valientemente de mantener la compostura.

David se dirigió a la máquina fotocopiadora y la puso en marcha. La máquina hizo los ruidos acostumbrados de precalentamiento hasta que estuvo preparada para empezar.

—Dame esa foto.

Elena se quedó en silencio. David la adhirió a una hoja de papel en la que escribió el nombre de Riq, su peso, altura, edad y otros rasgos de identificación. La puso contra el cristal de la fotocopiadora y le dio al botón verde. Esperó a que empezaran a salir las copias.

Cogió una:

—Esto servirá —dijo suavemente dirigiéndose al escritorio de la secretaria y descolgando el teléfono. Marcó un número—: Moncloa —dijo— ¿Quién está de patrulla esta noche?... Bien. Pídele que den una vuelta por Santa Cecilia. Estamos buscando a un adolescente contrariado que ha desaparecido. Su nombre es Riq Santiago. Cinco pies ocho pulgadas, ciento cuarenta libras; cabello y ojos castaños. Los oficiales en el lugar tienen ya una foto. Haz que los coches den un vistazo también. Gracias, Jan. Te debo una.

David recogió el delgado montón de fotocopias y las enderezó a golpecitos contra la parte superior de la máquina:

—Vamos a distribuirlas y a encontrarnos con la madre de Berta.

Elena echó una ojeada a su reloj:

—Hace una hora que Riq ha desaparecido —dijo con una voz que rozaba la histeria—. A estas alturas puede estar en cualquier parte. Por aquí cerca, o en el ferry, en el autobús, en el Barrio Francés...

Se metió el puño en la boca y ahogó un sollozo de miedo. El Barrio Francés no era un lugar adecuado para los chicos por la noche.

—Si ha ido allí...

—Elena, lo vamos a encontrar —dijo David con serenidad.

—¡Lo quiero ahora!

David le sacó el puño de la boca y lo sostuvo entre sus manos:

—Confía en mí. Todo va a salir bien.

—¿Cómo? —replicó ella sacudiéndose del contacto de David—. Hemos hecho algo increíblemente estúpido —dijo doblándose hacia delante con los brazos alrededor de la cintura—. Sólo tiene catorce años, David. Es medio hombre, medio niño, un volcán de hormonas hacia cualquier chica excepto su madre. Se supone que yo debo ser sacrosanta. Y... no lo he sido.

Su voz se quebró de verdad esta vez perdiendo fuerza hasta convertirse en un delgado lamento. Dos gruesas lágrimas le resbalaron por las mejillas.

—Tienes derecho a tener una vida —dijo David suavemente.

—Pero no a costa de mi hijo.

—Lo sé, Riq —dijo Berta comprensiva. Había estado siguiendo a Riq a lo largo de una docena de cuadras o más, hasta un parque del barrio. Sólo ella había hablado en la última media hora. Riq se había mantenido testarudamente en silencio con excepción de al-

gunas palabrotas y del sonido de las piedras golpeando el suelo. No le había permitido que lo tocara.

—Fue horrible cuando mi madre empezó a tener
citas de nuevo después de que ella y mi padre se se-
pararan —intentó Berta de nuevo—. Salió con algunos verdaderos adefesios antes de conocer a mi
padrastro. Al menos a ti te gusta David.

—Pero él no es mi padre —dijo desganadamente.

—No —dijo ella suavemente. Berta lo entendía
todo y deseaba que Riq también lo hiciera.

—Ni siquiera es mi amigo.

—Eso no es justo.

—Es lo que siento.

Berta se encogió de hombros:

—Pues díselo. Díselo a tu madre. Peléate con ellos.
Pero no puedes quedarte aquí, es realmente tarde —le
echó una ojeada al reloj—. Vamos, Riq, acompáñame
a la escuela o me castigaran todo el mes. Odiaría la
idea de no poder verte —añadió suavemente.

—Haz lo que quieras. Yo no vuelvo.

El corazón de Berta palpitaba nerviosamente. No
podía dejar a Riq en ese estado. Era más que... un
amigo. Y estaba en apuros, unos apuros que ella entendía. No podía dejarlo.

—¿A dónde quieres ir? —le preguntó.

Riq pensó un momento:

—A ningún sitio.

—¿Tienes dinero? —dijo Berta con sentido práctico.

—En casa.

—¿Quieres ir a recogerlo? —Berta pensó que tal
vez a esa hora ya habría alguien en casa, esperando.

—Supongo que sí. Pero si no hay nadie. No
pienso volver a hablar con ellos.

Desandaron las doce cuadras hasta llegar a la casa y permanecieron cerca de las sombras de las otras casas. Riq todavía se resistía a tocar a Berta. Tal vez tenía miedo de hacerle daño.

—Dios mío. ¿Cómo pudieron hacer eso? —dijo en voz baja—. Es repugnante. No hace nada que papá nos dejó, y...

Cerró la mano en un puño y golpeó un poste de la luz. Se hizo daño, mucho daño.

Casi le hizo sentir mejor. Pero no lo consiguió.

David y Elena buscaron entre la gente cuando abandonaron el edificio de la escuela al ir a encontrarse con la madre de Berta frente a la iglesia. La orquesta estaba recogiendo los instrumentos, las casetas estaban cerrando, y la multitud se había disuelto. No es que eso ayudara demasiado. Riq podía estar en cualquier lugar.

El miedo se instaló en la boca del estómago de Elena y sintió que le temblaban las piernas. ¿Dónde estaba? ¿Por qué no lo habían encontrado todavía?

David se llevó aparte a uno de los agentes. Le dio el montón de fotocopias y le dio unas cuantas ordenes para empezar a organizar una búsqueda.

—¿Cómo se mueve por las calles? —preguntó David bruscamente cuando el agente se fue.

La pregunta la sorprendió viniendo de la boca de David. No es que ella no hubiera considerado esa posibilidad unas mil veces ya. Tal vez supiera más de lo que ella se pensaba. Tal vez.

Pero tal vez no. Dios querido, su hijo, su niño, por las calles de noche. Por culpa de David. Por culpa de ella.

Todo lo que David había hecho era besarla. Decirle que la amaba. No era un crimen.

Sin embargo se sentía como una criminal. Como si hubiera hecho algo horrible e irreparable que iba a estar pagando el resto de su vida.

O por lo menos, por el resto de su vida en que Riq viviera en casa.

—¿Sabe moverse por las calles, Elena? —repitió David.

—No...no lo sé. Sabe acampar y sobrevivir durante días, pero Luis y yo tratamos de mantenerlo alejado de una vida demasiado urbana.

David asintió, sin hablar mientras cruzaban la calle de la iglesia. Elena estaba temblando ahora, pero David no pensaba tocarla. Ella ya lo había rechazado dos veces.

"Y con toda la razón", se dijo Elena a sí misma enérgicamente. No podía volver a comportarse de semejante manera otra vez. Era demasiado peligroso.

Esperaron en la puerta de la iglesia a que llegara la madre de Berta, la cual llegó cinco minutos más tarde, y Elena y David la pusieron al corriente. Media hora más tarde no había todavía ninguna señal de Riq o de Berta.

Elena se mordió el labio inferior, paseó arriba y abajo y apretó los puños. La madre de Berta estaba igual de asustada, y el estado de las dos mujeres no mejoró cuando los agentes uniformados que habían estado en la fiesta de la escuela aparecieron para confirmar que los dos adolescentes habían desaparecido.

—He encontrado a la chica —se oyó una voz desde el extremo de la cuadra tras un cuarto de hora más de espera. Lentamente Berta caminó hacia la zona iluminada por las farolas de la calle acompañada por un agente:

—Aquí la traigo.

—¿De dónde vienes? —la madre le preguntó con autoridad.

—¿Dónde está Riq? —interrumpió Elena desesperada—. Has estado con él, ¿verdad?

Berta miró al grupo de gente y su madre le hizo una señal asintiendo con la cabeza:

—Cuéntanos —dijo.

—Sí —dijo Berta sosegadamente—. Lo encontré en el parque, y entonces fuimos a su casa. Riq quería recoger algunas cosas mientras yo vigilaba en el porche para estar seguros de que nadie venía. Cuando terminara, yo iba a ir con él. Está realmente disgustado, y pensé que si iba con él, yo podría llamar a alguien más tarde...

—Bueno, ¿y dónde está? —preguntó David.

—Me imagino que se escapó por la parte de atrás. Tardaba mucho en bajar y finalmente entré en la casa porque estaba preocupada, y no pude encontrarle.

Berta miraba a su madre preocupada:

—Siento llegar tan tarde pero Riq estaba muy disgustado y yo estaba preocupada.

—¿A dónde iban a ir? —preguntó Elena sin vacilar.

—No lo sé —la voz de la chica temblaba—. No creo que Riq lo sepa. Está tan enfadado que lo único que quiere es desaparecer.

La madre de Berta le pasó un brazo por los hombros:

—La policía lo encontrará, cariño.

—Sra. Santiago, lo siento. Yo quería... quedarme con él y llamarla desde algún lugar, pero...

Elena asintió.

—¿Me llamará... cuando lo encuentren?

Elena asintió de nuevo y la chica se metió en el coche con su madre.

Elena se dejó caer contra la columna de ladrillo al pie de las escaleras de la iglesia:

—¿Y ahora qué? —dijo desesperada—. David, si le pasa alguna cosa, nunca en la vida me perdonaré. ¿Cómo hemos podido hacer esto?

Él ignoró la pregunta y sencillamente volvió hacia la escuela. Ella le siguió. Todo el mundo excepto los guardias de seguridad, se había ido ya. La feria se había terminado hasta el año siguiente.

Después de que David hiciera un par de llamadas a la comisaría, fueron a casa de Elena y miraron en la habitación de Riq y el armario del pasillo.

—Se ha llevado todo lo que tenía ahorrado —anunció Elena con voz temblorosa—. Algo de ropa, su mochila y el saco de dormir —y continuó mirando alrededor de la habitación de Riq, revuelta de ropa y otras pertenencias por todo el suelo—. Tengo mucho miedo.

—Ya lo sé. Pero no puede estar muy lejos. Lo vamos a encontrar.

—Y cuando lo hagamos, ¿entonces, qué?

—No lo sé. Pero no se puede escapar de casa. Eso sólo causa más problemas.

—Besarme en público es lo que ha causado todos los problemas —dijo sacudiendo la cabeza.

—Ya te he dicho que lo siento, Elena. No puedo hacer nada más.

—Encuéntralo —le suplicó ella—. Encuentra a mi hijo.

Elena se hundió en el borde de la cama de Riq, y

se abrazó a su almohada sintiéndose desgraciada, golpeada. ¿Por qué amar a un hombre tenía que poner en peligro al único otro hombre que había en su vida y que le importaba?

—Vete —dijo urgentemente—. Yo me quedaré aquí en caso de que Riq llame.

No tenía muchas esperanzas de que eso ocurriera. Riq se sentía tremendamente herido y enfadado. Elena sólo esperaba que pudiera encontrar las palabras para explicarle de alguna manera, de alguna forma...

No quería que este romance con David se terminara antes de que hubiera realmente empezado.

—¿Quieres estar con tus madres o hermanas? Puedo llamarlas.

—Ve a hacer tu trabajo, David. Encuentra a Riq. Encuentra a mi hijo.

Lo encontraron tarde al día siguiente por la tarde, a unas veinte millas de distancia en el extremo del parque nacional donde el pirata Jean Lafitte se había escondido una vez. El guardia del parque que lo encontró dijo que podría haber pasado desapercibido durante días, excepto que esa zona del parque no está dentro de los límites donde está permitido acampar.

Riq había sabido usar muchos recursos. Después de haber parado en una tienda de alimentación abierta las veinticuatro horas, había tomado cuatro autobuses hasta llegar a su destino, después saltó por encima de una verja cerrada que le llevó al frondoso bosque. El guardia dijo que Riq sabía muy bien lo que estaba haciendo. Escondía la basura que producía, no dejó ningún tipo de rastro o desorden.

Sin embargo, traspasó un lugar no abierto al público.

A Elena no le importaba. Riq estaba a salvo. Pensaba que iba a morir la noche de antes, en ese silencio vigilante, rezando, con el corazón disparado cada vez que sonaba el teléfono.

Elena llamó a la comisaria, les avisó que Riq había sido encontrado, y se metió dentro del coche de un salto sin importarle en absoluto su apariencia. Todavía llevaba la misma falda verde y arrugada de ayer y una blusa con estampado indio. Llevaba el pelo en una cola de caballo hacia atrás, tenía ojeras. No había dormido nada, por supuesto.

Elena entró en la zona de estacionamiento rápidamente, aparcó el coche en un segundo y apagó el motor. Ya había descendido de él antes de que el propio coche hubiera llevado a cabo la última vibración.

—¿Dónde está? —preguntó al entrar a la carrera dentro de la estación de los guardias—. Riq Santiago, ¿dónde está? Soy su madre.

David estaba esperando con el guardia.

—¿Dónde está? Quiero ver a mi hijo.

—Se encuentra bien, Sra. Santiago —dijo el guardia amablemente—. Pueden tomarse todo el tiempo que quieran con él. Está en el despacho.

El corazón de Elena latía tan fuerte que creyó que se le iba a salir fuera del pecho. David estaba detrás de ella, de pie, teniendo mucho cuidado de ni siquiera rozarle ni un hombro. David estaba tan lejos que ella no podía sentir su calor.

"Así es como tiene que ser ahora", se dijo Elena a sí misma firmemente y a continuación rezó algo en silencio: *"Señor, ayúdame a encontrar las palabras adecuadas. No dejes que pierda a mi hijo de nuevo".*

Finalmente, Elena abrió la puerta. Vio a un Riq sucio y tirado en una silla de plástico, rígido. Se los quedó mirando con intenso desprecio.

—¿Riq? —dijo Elena—. Oh, hijo. Estábamos tan preocupados.

Riq se quedó ahí sentado, completamente inmóvil y en silencio. La luz fluorescente iluminaba y hacía resaltar cada milímetro de la rabia y desafío que expresaba su cara.

Elena entró en la habitación, con David detrás, y cerró la puerta.

—Siento lo que viste... anoche —dijo con cariño—. Se trataba de cosas de adultos que no estabas preparado para ver.

Silencio de nuevo.

Elena miró hacia David, suplicándole con la mirada. ¿Qué debían hacer? Tal vez era el momento de levantar todas las cartas, de revelarle toda la verdad a Riq, de explicarle toda la historia. Esconderle la verdad no parecía haber dado buenos resultados.

—David y yo... nos conocemos desde hace mucho tiempo —dijo Elena con voz calma—. Desde antes de que me casara con tu padre. Desde antes de tenerte a ti.

—En esa época amaba a tu madre —dijo David—. Ahora los amo a los dos.

Riq dejó escapar un ruido de disgusto.

—La cuestión es que esto no es algo nuevo que ha pasado de repente. Parece que lo sea, pero no lo es.

—¿Alguna vez te ha importado papá ni siquiera un poco? —Riq le dirigió la pregunta a su madre en voz baja y cargada de veneno.

—Yo lo amaba —contestó ella sintiéndose rota y

que el resto de su adrenalina se disolvía. Ahora se sentía débil, incapaz y desgastada, y se hundió en la silla que estaba al lado de Riq—. Pero él ha muerto, Riq. Tu padre ha muerto. Y nosotros tenemos que continuar. De la forma que sea. Como sea.

—Yo no pienso olvidarlo.

—Nadie piensa olvidar a nadie, muchacho —intervino David—. Somos una familia.

—Puede ser que te parezcas a él, pero no eres mi padre. Y nunca lo serás.

Elena se quedó sin respuesta para eso. Parecía que David tampoco la tenía. Riq estaba ahí sentado, implacable e inmovible en su convicción y a Elena se le cayó el alma a los pies. ¿Qué iban a hacer ahora?

David los miró a los dos, sentados enfrente de él. Riq estaba arrellanado en su silla, desafiante y enfadado. Elena estaba pálida y herida, frente a una elección que nunca hubiera querido tomar. Una que ni siquiera se había imaginado tener que tomar.

¿El amor o su hijo? La gente toma ese tipo de decisiones todos los días. Algunos toman la decisión correcta, y otros la toman egoistamente. Algunas veces daba buen resultado. Otras no. Era entonces cuando recibía esas llamadas a media noche de la comisaría.

Elena fue en busca de la mano de Riq, pero él la apartó. Riq no quería establecer ningún contacto que lo sacara de su aislamiento, pero para Elena ese gesto fue como si la abofetearan.

De hecho lo había sido. Los dos habían sido abofeteados. Con la realidad y el resentimiento y la rabia de un chico que sufría.

Y una vez con esa realidad frente a ellos, tenían que tomar algún tipo de decisión.

David no quería perderla. Oh Dios mío, no. No quería que eso sucediera. Habían sido necesarios quince años para deshacer todo el daño que habían causado esas decisiones, y sólo porque Elena, de forma milagrosa había vuelto a entrar en su vida. Con su hijo problemático y por quien él se preocupaba. A quien amaba, a pesar de todo, casi tanto como a Elena.

¿Y qué era el amor? Era más que un sentimiento. Era hacer lo mejor para todo el mundo. Significaba sacrificio. Significaba no obligar a Elena a escoger entre él y su hijo. Eso era pedirle demasiado.

Pero no demasiado para él si realmente la amaba. Si la felicidad de Elena, el bienestar, su paz de espíritu, le importaban a él más que ninguna otra cosa.

—No, Riq —dijo finalmente David—. Yo no soy tu padre. Nunca quise ocupar el puesto de Luis. Sólo pensé que podría llegar a ocupar mi propio lugar en tu vida. Pero tú no me quieres en ella, ¿verdad? No quieres a nadie en ella. Ni para la tuya ni para la de tu madre.

—David —dijo Elena con precaución en una voz llena de tensión.

—Tú y tu madre son para mí lo mismo, vienen en el mismo paquete —continuó—, pero tú no estás preparado.

David respiró hondo. —Quiero a tu madre y quise a tu padre. Y he intentado quererte a ti. Pero parecer ser que en eso he fracasado.

Elena le echó una mirada salvaje y dijo apresuradamente:

—No, David. Lo único que necesitamos es más tiempo...

—El tiempo se terminó cuando Riq decidió escaparse —dijo David con la voz ronca para esconder el dolor que sentía. Las palabras eran como cuchillas de afeitar en su garganta haciéndolo pedazos—. Vete a casa con tu hijo, Elena. Olvida lo que te dije anoche...

—Todavía no te he contestado —suspiró ella con los ojos muy abiertos y asustados.

—Retiro la pregunta. Ya no viene al caso.

David abrió la puerta y Elena se puso de pie de un salto:

—No lo hagas, David. Tenemos que buscar una solución para todo esto.

David negó con la cabeza. Sintió la acidez de su estómago en la garganta, quemándole salvajemente:

—Es la única respuesta válida para Riq. Siempre se trató de él. Adiós, Riq. Espero que encuentres a otro compañero de pesca.

—¡No te vayas! —gritó Elena cuando él cerró la puerta y se apresuró en salir del lugar. Corrió hacia el coche, se metió en él y desapareció del aparcamiento antes de que nadie pudiera seguirlo.

Nada en la vida le había dolido más que salir de ahí como lo acababa de hacer. Ni siquiera perder a Elena la primera vez, ni la pelea final con Luis, nada. Le había costado cada milímetro de la fuerza que tenía.

Pero era la única posibilidad. Necesitaba a Elena, pero Riq la necesitaba más.

A veces el amor no era nada más que sacrificio. David esperaba no tener que aprender nunca esa lección de nuevo.

Capítulo 9

La casa estaba extrañamente tranquila cuando Elena y Riq llegaron. Los suelos no crujieron, los cimientos no se movieron, el reloj de pared no dio la hora.

No se habían dirigido la palabra en todo el camino de regreso a casa. Parecía que ya se lo habían dicho todo.

Elena apoyó la cabeza en el marco de la puerta mientras la abría. Estaba cansada y se sentía desolada. No quería enfrentarse a esto sola. No cuando ya se había acostumbrado a apoyarse en David tanto: la forma en que él había logrado neutralizar el dolor y la rabia del chico, la fuerza que le había dado a ella para mantenerse firme frente a su familia. La forma en que los hacía reír a los dos, la forma en que había conseguido fascinarla para entrar en su corazón de nuevo.

Y ahora los había rechazado a Riq y a ella. Antes de haber tenido la oportunidad real de estar juntos.

Pestañeó y le cayó una lágrima. Tragó saliva. ¿Cómo iba a enfrentarse a esto sin David? ¿Cómo iba a poder manejar la rabia, el miedo, la soledad de Riq sin David a su lado? No lo sabía, pero tenía que intentarlo.

Porque si no lo intentaba no tendría ninguna posibilidad con David, no tendría la posibilidad de contestar a la pregunta que él había planteado la noche anterior. Y Elena deseaba eso tanto como recuperar a su hijo, curado y siendo él de nuevo.

—Riq —dijo con firmeza—, esto no puede seguir así. Siento que David y yo te tomáramos por sorpresa de semejante manera. Eso fue una equivocación. Deberíamos haberte preparado mejor para ello.

Riq se quedó de pie en la puerta principal, con una tremenda falta de expresión en el rostro, rehuyendo la mirada de su madre. Elena tomó aire profundamente. *"Toma al toro por los cuernos"*, pensó.

—Cariño, te estás haciendo daño a ti mismo, y a mí y a todo el mundo que está a tu alrededor. Nadie quería que tu padre muriera. Pero él no va a regresar. No importa cuanto lo desees. No va a regresar.

Elena dejó escapar un sonoro suspiro:

—A él no le gustaría verte tan desgraciado. Él quería que tuvieras amigos, que te fuera bien en la escuela, que lo pasaras bien. No soportaría ver que estás dejando que su muerte gobierne tu vida completamente.

—Él tampoco soportaría verte besando a David.

Elena tomó aire decididamente:

—Yo no hubiera hecho eso si tu padre estuviera vivo. Yo amaba a tu padre. Nunca lo traicioné.

—Hasta ahora —murmuró él.

Sus palabras fueron como un aguijón, profundas y duras. Elena tragó saliva combatiendo el dolor. Se acercó y le rodeó la cara con las manos para poder mirarlo directamente a los ojos.

—David no es... una traición —dijo con una voz un poco vacilante—. Tu padre nos ha dejado y eso no es justo. Ni para ti, ni para mí, ni para ninguno de los que lo amaban. Pero hay una cosa que sí sé. Tu padre quería que nosotros fuéramos felices. A él no le hubiera gustado que dejaras a tu familia para salir corriendo. Para decirle lo que le has dicho a David hoy. Ni siquiera le hubiera gustado que hicieras que Berta se preocupara de la forma que lo has hecho.

—No la metas en todo esto.

—Tú la has metido —replicó ella—. Tú has herido a todo el mundo con tu comportamiento, y eso está mal. Berta estaba preocupada, su madre estaba preocupada, David estaba preocupado. Y yo estaba frenética.

—No me arrepiento de nada —contestó él en tono beligerante.

—No espero que lo hagas. Pero yo sí lo estoy. Arrepentida y avergonzada. Le has hecho daño a mucha gente, Riq, incluyendo a David, que solamente quería compartir contigo tus recuerdos y tu vida.

—Él sólo te quiere a ti.

—Pero tú te vas a ocupar de que eso no pase, ¿verdad, hijo mío? Si tu padre no puede tenerme, nadie puede. Es eso, ¿verdad?

Riq no contestó.

—Oh, Riq —dijo ella cariñosamente con el corazón haciéndosele pedazos—. Te quiero más que a nada en el mundo, pero no puedes continuar de esa manera. Es injusto para los dos. Y no es lo que tu padre hubiera querido. Ahora sube a tu cuarto —terminó—. Piensa en lo que te he dicho. Piensa en cómo disculparte. Puedes empezar con Berta, pero también le debes una disculpa a David y otra a mí.

Elena se dio vuelta y caminó hacia la biblioteca

donde había una vieja foto de los tres enmarcada en un marco de plata. La tomó entre sus manos y la estuvo estudiando hasta que Riq subió a su cuarto.

Entonces empezó a sollozar.

Tres días más tarde Elena estaba sentada en su oficina mirando por encima los recibos de la fiesta de la escuela. Debería estar mostrando mucho más entusiasmo. El acontecimiento había sido un enorme éxito.

Para todo el mundo excepto para Elena. Para ella, la feria había disparado un retorno al silencio, a los días llenos de escarcha antes de que David hubiera vuelto a entrar en su vida. Riq la evitaba, le contestaba con monosílabos cuando tenía que hablar con ella. Elena no sabía si Riq se había puesto en contacto con Berta, aunque esperaba que lo hubiera hecho. Tal vez ella pudiera ayudarlo de alguna manera.

Y David no había llamado, ni para preguntar cómo estaba Riq, o ella, o si había sido capaz de llegar a una tregua. Nada. Ni una palabra. Eso le hacía tanto daño como el comportamiento de Riq. Sólo hacía tres días que le había dicho que la amaba. ¡Le había pedido que se casara con ella! Y ahora la había abandonado sin ningún problema.

"Ya lo ha hecho antes", se recordó a sí misma luchando contra el nudo que sentía siempre a punto de formársele en la garganta. Tal vez David no había aprendido nada en estos quince años.

Y si ése era el caso, ella se había enamorado de un espejismo. Se levantó del escritorio. Podía ser que Riq no hablara con ella, pero David tenía que hacerlo. De alguna manera tenían que encontrar una solución. Sacrificar algo. Una solución a medio camino.

Ella lo amaba. No quería perderlo también a él. Ya había perdido bastante.

Descolgó el teléfono y marcó el número de él. David contestó después de la primera señal.

—Moncloa.

Su voz sonaba dura, punzante.

—David, quédate donde estás. Voy para allá. —Colgó el teléfono antes de que él pudiera decir que no. Recogió su bolso y salió de su oficina—. Voy a salir —le dijo a Sandra, la secretaria—. No sé cuándo volveré.

Antes de que Sandra le pudiera hacer ni una pregunta, Elena ya había desaparecido por la puerta y llegado a la zona de estacionamiento.

David la esperaba abajo, en el vestíbulo de su condo inundado por la radiante luz de noviembre que se filtraba a través de las paredes de cristal y de las claraboyas del techo.

David tenía aspecto cansado, agotado. Seguramente no había dormido mucho. *"Bienvenido al club"*, pensó Elena caminando lentamente por el pasillo de cemento.

¿Cómo iba a empezar? ¿Cómo le iba a hacer entender que ahora Riq y ella lo necesitaban más que nunca, y que abandonarlos ahora no era la solución? Tenía que convencerlo de que tenían que permanecer juntos en este momento y luchar.

—¿Qué haces aquí? —le preguntó él. Su voz y su mirada eran frías. Un escalofrío involuntario recorrió la espalda de Elena.

—He venido para hablar.

—No deberías haberlo hecho.

—Tenía que hacerlo. No podía continuar de esta manera —se acercó y le tocó la cara con el dedo índice. Sintió el tacto como de un suave papel de lija a lo largo de la mandíbula de David—. Mírate. Estás agotado.

David retrocedió, lejos de su contacto. Lejos de ella.

—No me eches, David —le rogó con un reproche cariñoso—. Las cosas están... difíciles ahora, pero no me creo que quieras que lo nuestro termine. Yo no quiero.

—No importa lo que yo quiera —contestó él con voz grave—. O lo que tú quieras. Lo que importa es lo que tu hijo necesita.

—Él te necesita a ti. A nosotros. El único problema es que no lo entiende todavía.

—Él te necesita a ti, Elena. A su madre, ocupándose de él. No a un tío, no al ex–novio de su madre ocupando el lugar donde solía estar su padre. Riq expresó sus sentimientos de forma muy clara.

Elena se aclaró la garganta sintiéndose como un gato atrapado en una trampa, y David miró en otra dirección por un segundo. La estaba echando, manteniéndola a distancia, rechazando escucharla. ¿Por qué estaba siendo tan poco razonable? Era diez veces más duro que tener que lidiar con Riq.

Elena tomó las manos de David entre las suyas y las apoyó contra su escote, justo encima de sus pechos para que David pudiera escuchar los latidos de su corazón a través del jersey.

—No nos dejes, David —susurró—. Te necesitamos. Yo te necesito.

David sacudió la cabeza y sacó las manos de donde las había puesto Elena escondiéndolas debajo de los brazos con un gesto imperdonable.

—Riq te necesita a ti, no a mí —dijo tozudamente—. Yo estoy fuera de esta historia. Se acabó la competición.

—No es ninguna competición —dijo Elena desesperada—. Se trata de dos tipos de amor diferente. Yo los quiero a los dos.

Elena buscó en la cara de David alguna señal que pudieran haber provocado sus palabras. No había utilizado la palabra amor en quince años. Pero él permaneció allí, con expresión indiferente, como si ella no hubiera dicho nada.

El desespero se cernió sobre ella como una red donde se sentía atrapada. ¿Por qué David no podía aceptarlo? ¿Por qué no quería darse cuenta de que el amor y el tiempo podían curar todas las heridas en su familia?

Pero no podía. Elena lo vio en su cara, en la postura de su cuerpo, rígido e inaccesible. Riq había puesto unas exigencias en ella que retaban a David a traspasar un terreno que no iba a traspasar. No importaba lo mucho que ella le implorara.

—El amor no es suficiente —dijo él parcamente—. También existe la responsabilidad, y la tuya es tu hijo. La mía también debería haberlo sido.

Se dio vuelta y abrió la puerta del edificio:

—Lo siento, Elena. Cuida a Riq.

—¡Ni siquiera me has preguntado cómo está! —gritó Elena para detenerlo.

David se detuvo y mantuvo la puerta abierta con el pie. El sol de la tarde le dio en los ojos a Elena y la cara de David se volvió borrosa.

—¿Cómo está Riq? —preguntó David sin demasiado entusiasmo.

—Está hecho un desastre. Confundido y solo. Echa de menos su vida.

—Yo también. Por eso he decidido volver a ella.

—¡Cobarde! —le gritó antes de que la puerta se cerrara completamente tras David. Ahora Elena no tenía nada que perder—. Ya me abandonaste una vez, y ahora lo haces de nuevo. ¿Pero sabes una cosa? El amor de verdad no huye. Permanece y lucha. Dijiste que me amabas, David. Me pediste que me casara contigo —la voz de Elena se fue haciendo más suave y al poco soltó un sollozo—, y yo quería contestar que sí. Pero no si vas a desaparecer cada vez que las cosas se ponen un poco feas... Tenemos un problema con Riq, eso te lo puedo asegurar. Pero eso es sólo algo sin solución si tú te niegas a afrontarlo. Vuelve, David. Ayúdame.

Las palabras de Elena lo golpearon con la fuerza de una estaca clavada en el corazón. Cobarde. Huir. Luchar. Sí.

Hacía tres días hubiera dado la vista por esa respuesta. Por ella. Por el chico.

—Adiós, Elena —respondió—. *Good-bye.*

La puerta se cerró con un pequeño ruido, dejándola a ella fuera.

Elena se dejó caer contra la pared de ladrillo y se mordió el labio con fuerza, con el deseo de que el dolor físico sobrepasara el dolor de su corazón. ¿Realmente había escuchado esas palabras salir de la boca de David? ¿Había escuchado como la puerta se cerraba?

David estaba huyendo, desapareciendo cuando las cosas iban mal, y no había nada que ella pudiera hacer excepto aceptarlo.

David era muy valiente cuando se trataba de criminales y delincuentes, pero por alguna razón con ella se rendía y desaparecía. Hoy y hacía quince años.

Ese hecho le destrozó el corazón como un balazo.

Ella lo amaba, pero eso debía significar algo más que un sentimiento. Tenían que poder contar el uno en el otro, ayudar al otro cuando la vida era demasiado dura para aguantarla uno solo. Pero David no podía. O no quería. Ya no le importaba. El resultado era el mismo.

Elena se levantó y se dirigió hacia el coche con los ojos llenos de lágrimas. Lo había querido todo: amor, confianza, risa, apoyo. Y David había dejado claro que nada de eso estaba dentro de lo que él estaba dispuesto a ofrecer.

Abrió la puerta del coche. Sí iría a casa. Allí tenía responsabilidades, obligaciones de las que cuidarse: ella misma, su hijo, su familia.

Se iba a concentrar en ser la madre de Riq. A lo mejor David tenía razón. Tal vez Riq la necesitara a ella sola. Esperaba que eso fuera así, porque eso era lo que cada uno de ellos tenía ahora. Se tenían el uno al otro.

Riq estaba sentado frente a la computadora leyendo el mensaje de Berta en el correo electrónico por catorceava vez:

"Deja de comportarte como un idiota. Déjalo ya. Los padres hacen un montón de tonterías en muchas ocasiones. Pero esta vez no estás siendo justo."

"¿Y ella qué sabe?, pensó Riq enfadado, pero a continuación sintió una punzada de remordimiento. Lo cierto es que la echaba de menos. No la había visto desde el día de la feria de la escuela, hacía diez días. Su madre lo había castigado sin salir cuando él se negó a disculparse.

No es que David hubiera pasado por la casa, así

que no naoía podido disculparse con él. Y a Berta no le importaba. A ella sólo le importaba Riq. Aunque pensase que se había comportado como un idiota.

"*¿Un idiota?*" Riq pensó en eso durante un minuto. Ni hablar. La única idiota en esa familia era su madre. Estaba actuando de una forma muy rara últimamente, como si estuviera aprendiendo de él. Apenas hablaba. Se limitaba a subir a su cuarto, ir a trabajar, y volver a casa. Hacía muchos días que no invitaba a la abuela o a sus tías. Y cuando sonaba el teléfono, ni siquiera contestaba.

Riq miró el resto del mensaje de Berta:

"*Tu madre necesita tener una vida propia. Y créeme, es mucho mejor si a ti te gusta la persona que ella escoja. Es realmente difícil si no.*"

A él le había gustado David en su momento. Antes de que empezara a hacerse el tonto con su madre. Y eso era todavía algo extraño... la forma en que David la miraba, la forma en que la besaba... No estaba bien y no importaba lo que Berta dijera.

Pero a la vez, nada había estado bien desde que su padre murió. Así que, ¿por qué no se disculpaba? Nada podía volver a ser como era antes, aunque alguno de eso momentos hubieran sido divertidos. Todo había cambiado cuando David y su madre habían empezado a exhibirse en público haciendo que todo el mundo se avergonzara y dejando de manifiesto que él era el único que todavía recordaba que su padre había existido una vez.

Era demasiado tarde, y todo era demasiado difícil. Le escribió unas cuantas palabras a Berta, las borró y empezó de nuevo. La vida era sencillamente un asco.

Le gustaría poder verla. Las cosas podrían ir mejor si pudiera tomarla de la mano y hablar con ella cara a cara en vez de a través de pequeños mensajes en el correo electrónico.

Así que había que hacerlo. Había que disculparse. Era probablemente una hipocresía, pero al menos podría ver a Berta otra vez.

David se quedó de pie frente a la estación de autobuses del campus de Franciscan High con una nota escrita en un trozo de papel. Le había sorprendido recibir la molesta, casi beligerante disculpa en el correo de ayer. Era algo que se merecía una respuesta en persona.

Pero no quería llamar o pasar por la casa. Había demasiadas posibilidades de encontrarse con Elena y no quería arriesgarse a ello. Las dos semanas que habían pasado desde que él se hubiera ido, habían sido suficientemente duras. Se había tenido que forzar a sí mismo a tirar adelante, yendo a trabajar, viendo a su familia, tomando una cerveza con su socio. Y en los últimos dos días estaba empezando a mejorar. De hecho había conseguido estar una o dos horas sin pensar en Elena. Pero si la veía de nuevo, si escuchaba su voz... No. Ver a Riq ya iba a ser suficientemente duro.

Así que, allí estaba, delante de los autobuses de la escuela, tratando de pillar a Riq para poder aceptar esa disculpa poco sentida y poder cerrar ese capítulo de su vida para siempre.

Sonó una campana dentro de la escuela, y una avalancha de estudiantes se precipitó por cada una de las puertas de la escuela. Se dirigían hacia coches aparcados o hacia los autobuses. David miró a través de la multitud con mirada experta, descartando cara tras cara hasta que encontró la versión joven de sí mismo.

Se abrió camino a través de un grupo pequeño de chicos hasta el principio de la cola para el autobús, entonces levantó la mano y agarró a Riq por el hombro sacándolo del grupo de chicos.

En el momento en que sintió el contacto, los músculos de Riq se pusieron en tensión, en posición de lucha, y giró rápidamente la cabeza para ver quién lo había agarrado. No se relajó al ver a David.

David lo dejó ir en cuanto estuvieron a un lado, lejos del grupo, y Riq se frotó el hombro y dejó caer su mochila al suelo.

—¿No puedes llamarme por mi nombre? —preguntó.

—Tenía que asegurarme que no ibas a salir corriendo. Eso es lo que hiciste la última vez.

Riq se agitó nervioso y se quedó mirando a David esperando:

—¿Y bien?

La cantidad de gente iba disminuyendo rápidamente, coches y autobuses empezaban a salir del campus a través del parque. David sacó la nota y se la mostró a Riq.

—La recibiste.

—La recibí.

—¿Me has hecho perder el autobús pare decirme esto? Podrías haber dejado un mensaje en el contestador automático.

—No pareces una persona realmente arrepentida, ¿sabes?.

Riq se encogió de hombros:

—Mamá tampoco se quedó muy convencida cuando me disculpé ante ella.

—¿Por qué lo hiciste entonces?

—Porque estaba harto de estar castigado.

David identificó un ápice de molestia en el tono de voz de Riq. No le importaba. Riq ya no era asunto suyo. Lo único que tenía que hacer era aceptar la disculpa del chico. Entonces los dos podrían irse por distintos caminos.

—Muy bien —dijo sin comprometerse. Abrió el trozo de papel, leyó por encima la media docena de líneas escritas a mano descuidadamente y resumió en voz alta—: Sientes haberte escapado, haber sido motivo de preocupación para mí y para los otros agentes. Muy bien, Riq. Disculpa aceptada.

—¿Eso es todo?

—Sí.

—¿Y ahora qué? ¿Tú y mamá se van a arreglar también?

Ah, la verdadera pregunta. David negó con la cabeza:

—No lo creo.

—Mejor —dijo Riq bruscamente—. No soporto que hicieras ver que eras mi amigo cuando lo único que realmente querías era a mi madre.

—No lo estaba haciendo ver. Los quería a los dos —contestó David fríamente—. Pero esa no es la cuestión. La cuestión es ¿qué es lo que tú quieres?

—Nada.

La cara de David se puso seria:

—Yo creo que sí quieres. Creo que quieres una parte de mí.

Riq se rió resoplando:

—¿Por qué iba a perder mi tiempo de esa manera?

—Para castigarme por haber querido una parte

de tu madre. Por haberte herido. Por haber pisado la memoria de tu padre.

"Cállate, Moncloa", se dijo a sí mismo al tiempo que las palabras salían de su boca. *"Estás jugando con fuego. Deja de provocarlo y termina lo que viniste a hacer."*

Riq se quedó estudiando a David por un momento. El color empezó a subirle por las mejillas:

—Sí —dijo Riq arrastrando el monosílabo. —A lo mejor... quiero.

Con la rapidez de un rayo Riq cerró el puño, apretó los dedos dentro de la palma de la mano y lo lanzó contra el abdomen de David con una satisfactoria llegada. El puñetazo hizo que David sacara todo el aire que tenía en los pulmones y que tuviera que retroceder un paso por la fuerza del impacto.

—¡Te odio! —chilló Riq descargando un segundo puñetazo. David volvió a encajar el golpe en el tórax—. ¿Por qué mi padre está muerto y tú estás todavía vivo?

Trató de alcanzar a David por cuarta vez, pero esta vez, David se hizo a un lado y agarró las manos de Riq. Con un rápido movimiento muy practicado tiró al chico al suelo arrodillándose sobre él a la vez que las palabras del chico se convertían en sollozos de angustia.

—Odio a mi padre por habernos dejado. Nada volverá a ser como era. Y entonces apareciste tú, y tú lo conocías y te parecías a él, ¡pero no eres él!

Riq empezó a llorar de verdad, sin contención, con sollozos que podrían derretir las piedras. Escondió la cara retorciéndose en el polvo, sintiéndose avergonzado pero incapaz de parar el torrente de emoción real que finalmente estaba liberando.

David se quedó a su lado. No lo tocó, no trató de reconfortarlo con nada que no fuera su mera presencia.

"Pobre chico", pensó David. *"Atormentado por el dolor y la culpa y escondiendo todo eso bajo una apariencia de autosuficiencia."*

"Pobre Elena", pensó un momento después.

"No vayas en esa dirección", se dijo a sí mismo. *"Si empiezas a pensar en ella y en sus problemas, tú también perderás el control. Limítate a ayudar al chico a sobreponerse y a llevarlo a casa. Eso es todo lo que puedes hacer. Míralo así y después déjalo. Para siempre."*

La zona de estacionamiento se iba quedando vacía a medida que salían profesores y estudiantes de actividades de después de clase, o de castigos. Actuaron ignorando a Riq y David, o simplemente no los vieron.

De repente una mujer empezó a caminar hacia ellos. Por el aspecto que tenía parecía una profesora. David le hizo señales de que se alejara, pero ella continuó acercándose.

—Riq —dijo David suavemente—, levántate y dile a esta señora que estás bien, o de lo contrario los dos vamos a terminar en la oficina del director.

Riq se dio la vuelta, arrugó los ojos para protegerse del sol y se sentó:

—Hola, Sra. Monroe —dijo al reconocer a su consejera. Su voz se quebró.

—¿Eres tú, Riq? ¿Te encuentras bien? ¿Quién está contigo?

—Es mi... tío —dijo poniéndose de pie y sacudiéndose la suciedad de la camisa—. Estamos bien. Ya nos íbamos.

Ella se detuvo a diez pies de distancia y estudió el aspecto de Riq. Era imposible que no se diera cuenta de la cara enrojecida, los ojos hinchados, pero decidió no hacer ningún comentario al respecto.

—Está bien —dijo ella—. Hasta mañana.

La mujer se dio la vuelta, pero en vez de dirigirse a su coche se encaminó apresuradamente hacia el edificio.

—Siempre hay alguien vigilándote en esta escuela —dijo Riq secándose la cara con la manga de la camisa.

—Algunas cosas no cambian nunca —dijo David poniéndose de pie también.

—Y otras cosas cambian totalmente.

—¿Quieres ir a casa?

Riq negó con la cabeza y sorbió con la nariz el resto del llanto:

—Todavía no.

David le pasó un pañuelo azul marino que se sacó del bolsillo trasero del pantalón:

—Quédatelo. Vamos a caminar.

Habían caminado media milla antes de que David dijera:

—Tienes un buen puño.

—Supongo que debería disculparme por eso también, ¿no?

David se encogió de hombros:

—Sólo si lo sientes.

—No lo sé. Me siento un poco mejor, pero no sé si es porque te he golpeado. En realidad nada ha cambiado. Mi padre sigue estando muerto.

—Y yo no.

Riq miró al suelo:

—Y yo no —dijo en voz baja.

—Se llama la culpabilidad del superviviente —dijo David también en voz baja—. Es algo real y es doloroso.

—¿Y cómo es que mi madre no la siente?

—Probablemente porque te tiene a ti para preocuparse.

—Soy bueno en eso, ¿eh?

David asintió:

—¿Y vas a continuar así?

Riq no contestó. Habían cruzado una buena parte del parque y se encontraban frente al Casino, que había sido realmente un casino hacía tres generaciones. Lo habían renovado recientemente, y ahora era un lugar de oficinas, y lugares para el alquiler de barcos y artículos de pesca. Algunos niños jugaban ruidosamente en un espacio de juegos que había cerca.

—Han metido un montón de bagres en el pantano —dijo David. Voy a alquilar un par de cañas.

Cuando volvió caminaron juntos hasta el punto máximo de un puente en forma de arco y lanzaron las cañas.

—Tu madre quiere recuperarte, quiere el Riq que eras antes de que todo esto pasara. ¿Crees que puedes hacerlo ahora? —dijo David.

—Tal vez. —Riq pescó durante un rato, acercando el sedal y alejándolo de nuevo. David hizo lo mismo.

—¿Sabes? Tu nunca serás mi padre —dijo Riq soltando el aire con cierto hastío—. Pero a lo mejor podrías ser...

—Tu tío. Tu amigo.

Riq se limitó a asentir porque no confiaba mucho en su voz en ese momento. Volvió a concentrarse en la pesca otro rato mirando al agua, a los grandes peces nadando perezosamente justo debajo de la superficie.

Al cabo de un rato Riq habló de nuevo:

—¿Y qué pasa con mamá?

—Estábamos hablando de ti y de mí —dijo David

con brevedad ocupándose de su sedal inmediatamente.

—La única razón por la que has desaparecido es
porque yo he actuado como un idiota. O por lo
menos eso es lo que dice Berta.

—Es mucho más complicado que eso.

—Pero yo soy una parte importante en ello, y si yo
intentara realmente... aceptarlo...

David no dijo nada, miró a lo lejos sobre el pantano lleno de flores de agua. Lanzó la caña mientras
Riq recogía la suya vacía.

—¿Qué tal si... —la voz de Riq sonó entrecortada
por un instante para volver a resurgir un poco más
segura— ¿Qué tal si trato de no causarles problemas
a ti y a ella? ¿Te parece que podríamos hacer alguna
cosa juntos de vez en cuando? Algunas de las cosas
que habíamos hecho, ya sabes...

—Ahora estamos haciendo algo, ¿no te parece?

—Sí, pero quiero decir...

—Ya sé lo que quieres decir. Pero las cosas con tu
madre no son como contigo.

Pero pensar en ella, pensar en Elena... Las palabras de Riq habían encendido una llama de esperanza, y David no sabía qué hacer con eso.

"Olvídate de ello, Moncloa", se dijo a sí mismo. *"Sólo
por el hecho de que tú y Riq estén hablando de nuevo, no
significa nada respecto al resto del asunto. Tampoco significa que ella esté dispuesta. No importa lo que Riq
diga."*

"¿Y por qué no?", se rebeló una parte de su cerebro. *"Mira lo lejos que han llegado los dos, Riq y tú."*

*"Elena estaría loca si me perdonara. ¿Cómo va a poder
perdonarme?"*

Continuaron pescando un largo rato en silencio.

—¿Quieres venir para *Thanksgiving?* —preguntó Riq tímidamente—. A casa de Nani. Va a preparar calabacitas con crema, como siempre.

Había un montón de hojas secas sobre el puente que se oyeron crujir al acercarse unos pasos.

Y entonces Elena apareció en la cima del puente, sin aliento, con la preocupación grabada en la cara. Se puso tensa al verlos, al ver la cara de Riq todavía hinchada y sucia de tierra, la ropa sucia de tierra también y con un botón menos en la camisa.

—¿Qué estás haciendo aquí, David? —preguntó Elena fríamente—. ¿Y qué le has hecho a mi hijo?

Capítulo 10

David retiró su caña del agua y la dejó apoyada contra la barandilla del puente.

—Yo podría preguntarte lo mismo, Elena. ¿Qué haces aquí?

—La Sra. Monroe me llamó y me dijo que los había visto. Vine inmediatamente. Cuando vi tu coche aparcado en la zona de estacionamiento pero sin señales de ustedes, empecé a buscar.

—Bueno, pues aquí estamos. Cuando terminemos lo llevaré a casa.

—Riq se viene conmigo ahora —Elena se puso entre los dos con la cara girada hacia David—, tan pronto como me expliques por qué estuvieron luchando.

—No pasa nada, mamá —se interpuso Riq nervioso—. Son cosas de hombres.

—Pelearse no son cosas de hombres —contestó Elena enojada—. Tú padre y yo no te educamos para que te volvieras violento.

—A veces un chico tiene que lanzar un puñetazo, Elena —dijo David—. Créeme en eso. No pasa nada.

—Tú eres policía. Te pagan para que mantengas el orden, no para alterarlo —tomó aliento—. Dime

simplemente qué hacen aquí. Pensaba que habíamos decidido no torturarnos más.

David sacó el gastado papel con la disculpa del bolsillo de su pantalón y se la tendió a Elena en silencio.

Ella lo abrió y lo leyó:

—Podrías haber contestado a esto con otra nota o
una llamada telefónica. No había necesidad de que
tomaras a Riq por sorpresa en la escuela.

—Eso es lo mismo que dijo él.

Elena giró hacia su hijo:

—¿Por qué estuvieron peleando?

Riq no contestó.

—¿David, por qué estuvieron peleando? —su voz
era cada vez más fría.

—No estuvimos luchando. Riq estaba enfadado y
me lanzó un puñetazo antes de pensar en ello.

—¿Qué le habías dicho para que hiciera eso?

Hubo un largo silencio.

—Estábamos hablando de ustedes... dos, mamá —
dijo finalmente Riq con voz estrangulada—. Ya sé
que escribí la disculpa y todo eso, pero estaba todavía
muy enfadado de haberlos visto a los dos juntos. De
que tú hubieras olvidado a mi padre tan fácilmente...

—¿Y golpeaste a David? —la voz de Elena surgió
llena de incredulidad—. ¿Te sentiste mejor después
de hacerlo?

Elena sacudió la cabeza sin poder creerlo.

—No sé cómo explicarlo. Todavía echo de menos a
papá, mucho. Siento rabia porque él no está. Pero no
es culpa de David. O de ustedes. David... me gusta.

Riq se secó una lágrima errante del ojo antes de
que cayera por su mejilla:

—Voy a dejar de comportarme como un idiota
con ustedes dos.

Retiró la caña y la lanzó por el otro lado del puente, desde la parte de abajo, y empezó a pescar desde el extremo del pantano. Elena se lo quedó mirando como si no reconociera su propia carne y sangre.

—¿Qué ha pasado? —susurró—. Dime, David.

David contestó con voz plana, inexpresiva:

—Lloró. Dijo que me odiaba. Que odiaba a Luis por desaparecer.

—Él nunca ha dicho eso antes —Elena se dejó caer contra el puente.

—Tal vez no podía admitir eso frente a ti.

—Pero yo soy su madre. Si alguien debiera saber cómo se siente...

—Tú eres todo lo que le queda.

—Además de ti —dijo ella astutamente.

—No, Elena. Ya tienes todo lo que querías. Vete a casa con tu hijo.

—¿Y qué pasa contigo?

—Yo me las arreglaré.

—Mentiroso.

Elena buscó las manos de David:

—Te he extrañado mucho —habló en voz baja y ronca, con sus ojos negros suplicantes.

—No, Elena —dijo bruscamente David, aunque le costó mucho. Se alejó del contacto de Elena.

—Tú también me has extrañado —añadió ella con una voz lo suficientemente fuerte como para ir directamente de los oídos de David a su corazón.

No podía negarlo. Sí, la había echado de menos. Su sonrisa, su risa, sus besos. Pero no tenía ningún derecho de reclamarla ahora. Ningún derecho a esperar, o incluso pedirle que lo perdonara.

—¿Por qué desapareciste cuando más te necesitábamos? —le preguntó ella con voz suave.

—Yo... me aparté del camino porque Riq te necesitaba a ti.

—Y yo te necesitaba a ti —el dolor podía escucharse en sus palabras.

—Ocuparte de los dos hubiera sido demasiado, Elena. Tarde o temprano hubieras tenido que elegir —David bajó el tono de voz—, y yo no quería quedar en segundo lugar.

—En el amor no hay primer ni segundo lugar —dijo ella amablemente—. No es un concurso. Eso es algo que realmente tienes que aprender. —Elena lo tomó de las manos fuertemente esta vez, y añadió—: Tengo que encontrar la manera de enseñarte.

—Es demasiado tarde.

—¡Nunca es demasiado tarde! ¿No me acabas de demostrar tú eso con Riq? Pasaron meses, pero finalmente tú encontraste la clave. Tal vez ahora sea el momento para intentarlo de nuevo. El momento para intentarlo nosotros dos —Elena se detuvo y corrigió sus palabras—. Nosotros tres.

—¿Y si no lo hago? —David la miró fijamente a los ojos, tratando de averiguar lo que pensaba Elena.

"Vamos, Moncloa. Ella no es el problema. Tú eres el único problema. Elena nunca quiso que te fueras. No lo quiso antes, y no lo ha querido ahora."

Él había sido siempre el que se había ido. Antes porque no confiaba en sí mismo, y ahora porque no había confiado en ella. Había tenido miedo de que si ella se viera forzada a escoger, él hubiera resultado escogido en segundo lugar. No importaba lo que ella dijera.

La cuestión era, ¿sería capaz de quedarse esta vez? ¿Sería capaz de encontrar una solución con ella?

¿Sería capaz de construir una vida como la que nunca había imaginado tener para él?

—Si no lo haces —dijo ella sonriendo ligeramente—, entonces tal vez Riq tenga que venir a despertar algo de tu sentido común. O tal vez lo haga yo.

—Tú no podrías.

—Observa —Elena colocó el puño debajo de la barbilla de David, lo tomó por detrás del cuello con la otra mano, y lo atrajo hacia sí misma, hasta la altura de los ojos. Entonces lo besó. Sólo una vez, intensa y apasionadamente, en un abrazo que prometía poder recuperar toda la pasión que habían compartido juntos.

Elena lo dejó ir, y el resultado fue como si ella le hubiera dado media docena de puñetazos. La cabeza de David daba vueltas y su corazón latía desbocado. Había alcanzado el cielo por un segundo, el preciso segundo en que los labios de ella habían tocado los de él.

Todo podría volver a ser suyo de nuevo si no permitiera que el orgullo se cruzara en su camino. Era una pena que fuera tan bueno al respecto. Había sido demasiado orgulloso con Luis hacía años, y demasiado orgulloso con Elena.

Eso le había costado un precio muy alto. Le había costado no haber conocido a su primo en sus últimos años de vida, le había costado no conocer al hijo de Luis. Le había costado perder a Elena, más de una vez.

El orgullo tenía una razón de ser, pero no esa. No en ese momento. David se dio cuenta de eso. El orgullo no era una buena idea cuando tenía la posibilidad de recuperar tanto de lo que había perdido tan osadamente.

—Creo que necesito otra lección —dijo David gravemente.

—Una es todo lo que te voy a dar hasta que no me respondas.

—¿Cuál es la pregunta?

—Tú y yo, David. Juntos. Cuidando de Riq y de este milagro de amor.

—¿Cómo vas a poder perdonarme? Te dejé cuando más me necesitabas.

—Todavía te necesito. Siempre te necesitaré —Elena subió la mano hasta la mejilla de David y se la acarició suavemente—. Nosotros estamos ligados el uno al otro. Por la familia, y por el amor. Amor por Riq, amor por Luis —se detuvo, lo miró plenamente a la cara con los ojos brillantes—. Amor del uno al otro. No eches todo eso a perder.

David se estremeció a pesar del cálido día de noviembre. ¿Cómo podía ella ser tan valiente? ¿Estar tan dispuesta a expresar sus sentimientos por él?

Enfrentarse a criminales cada día no era ni de lejos tan duro como lo que ella estaba haciendo.

Elena lo rodeó por los hombros con los brazos y lo acercó hacia ella ofreciéndole sentir la superficie familiar del cuerpo de ella, dándole calor, haciéndolo sentirse de pies en el suelo, dándole la seguridad de que ése era el buen camino, que arriesgarse por ella y por Riq no era arriesgarse, sino apostar a ganador finalmente.

—¿Por qué continúas volviendo a mí? —preguntó David sorprendido.

Elena se encogió de hombros:

—Te quiero. Amo lo que has hecho por Riq. Eres parte de mi pasado y de mi futuro, espero. Nos pertenecemos el uno al otro.

—¿De verdad crees eso?

—Sí.

—Pues cásate conmigo entonces, Elena —las palabras habían salido de su boca antes de que pudiera pensarlas.

—¿Tendré la oportunidad de contestar esta vez? —preguntó ella temblando.

—Sólo si la respuesta es "sí" —dijo David con una voz sorprendentemente firme.

El gozo y la felicidad inundaron la cara de Elena y sintió que su corazón podía explotar de felicidad en cualquier momento.

—Sí —susurró—. Oh, sí.

David la tomó por la cintura, echó la cabeza para atrás y empezó a darle vueltas en un enorme círculo.

—¡Eh! —chilló Riq—. Si yo no puedo hacer tonterías, ustedes tampoco pueden, así que corten la onda dulzona.

—Acabamos en un segundo, compañero —dijo David como respuesta dejando a Elena en el suelo y tomándola de las manos.

—Yo no te merezco, Elena. Ni a ti, ni tu amor, ni a tu hijo.

—En el amor no se trata de merecerse nada, David. Es amor y basta.

—Bueno, te amo, Elena Chávez Santiago.

—Elena Chávez Santiago Moncloa —le corrigió ella—. Y yo te amo a ti, David.

—Debo ser el hombre más afortunado del mundo.

—Uno de los más —concedió ella.

—Y el otro está ahí abajo. ¿Crees que debemos ir a decírselo?

Elena miró hacia donde estaba su hijo con la luz de la tarde jugando con su pelo negro. Riq no estaba mirando a la caña o la pesca. Los estaba mirando a ellos, y Elena lo saludó con la mano y le sonrió, y entonces se apresuró a bajar los escalones con David a su lado.

—¿Y bueno? —preguntó curioso Riq.

—Vamos a casa, hijo —dijo Elena pasándole el brazo alrededor de los hombros. La sonrisa se le salía de la cara.

—¿Y qué pasa con David?

—David viene con nosotros.

—¿Para siempre?

—Para siempre.

David unió a Riq y a Elena bajo sus brazos y los mantuvo así de cerca, saboreando esa cercanía, levantándolos y aguantándolos en el aire. Parecía imposible, ese círculo de amor que llevarían para el resto de sus vidas. Pero ahí estaba, real, encarnado por Elena y Riq.

David los soltó, y Riq se volvió hacia él tomándolo de la mano:

—Bienvenido a la familia —dijo.

—Sí —añadió Elena cariñosamente, al tiempo que apoyaba sus manos sobre lo de Riq y David—. Bienvenido a casa.